www.tredition.de

AF217618

GERLINDE BARTELS

***

DREI PERSONEN ERZÄHLEN EINE GESCHICHTE

Ein deutsches Kriegs- und Nachkriegsschicksal

www.tredition.de

Verlag und Druck: tredition GmbH, Halenreie 40-44, 22359 Hamburg

ISBN
Paperback: 978-3-347-06766-0
Hardcover: 978-3-347-06767-7
e-Book: 978-3-347-06768-4

Inhaltsverzeichnis

„Die Vergangenheit ist nicht tot",
jedenfalls nicht ganz,
„sie ist noch nicht einmal vergangen",
jedenfalls nicht völlig.

Vorbemerkungen der Chronistin

Drei Personen erzählen eine Geschichte. Sie erzählen die gleichen Ereignisse, aber ihre Geschichten sind verschieden. Jede hat ihre eigenen Erinnerungen, ihr eigenes Wissen, ihre eigenen Wahrheiten und ihre eigenen Lebenslügen.

Die entscheidenden Vorkommnisse ereignen sich zwischen den letzten Jahren des Zweiten Weltkriegs und der Mitte der 1950er Jahre. Zwei der Erzählungen reichen in ihren Ausläufern noch bis zum Ende des 20. Jahrhunderts und darüber hinaus. Alle drei Personen erzählen in der Ich-Form und aus der Rückschau, aber nicht zur gleichen Zeit. Sie berichten jeweils gegen Ende ihres Lebens, abschließend.

Die drei Personen sind Mutter, Vater und Sohn. Zu keinem Zeitpunkt sind sie eine Familie. Helene Bartels, die Mutter, berichtet etwa Mitte der 1950er Jahre, bereits erkrankt. Friedrich Christ, der Vater, erzählt gegen Ende der

1990er Jahre als alter Mann. Hans-Jürgen Bartels, der Sohn, spricht im Geiste zu seiner Tochter und seinen Enkeltöchtern kurz vor seinem Tod 2015.

Die Chronistin hilft den drei Hauptpersonen bei ihren Erinnerungen durch Nachfragen. Sie hat nichts Wesentliches weggelassen, hinzugefügt oder selbst erfunden. Sie lässt die Protagonisten die Dinge so erzählen, wie sie waren oder zumindest wie sie gewesen sein könnten.

Eigene Kommentare und Überlegungen hat sie nur angefügt, wo dies zum Gesamtverständnis hilfreich oder nötig erschien. Solche Passagen sind durch Kursivschrift gekennzeichnet, ebenso Ergänzungen zum Lebensende der drei Erzähler.

Die Vergangenheit ist nicht tot, jedenfalls nicht ganz. Sie ist noch nicht einmal vergangen, jedenfalls nicht völlig. Selbst in der dritten und vierten Generation führt sie noch ein verstecktes Dasein, zwar rudimentär, aber wirksam.

Hans-Jürgen Bartels 2012

1. Was ich gerne noch erzählt hätte

Oder: Ein sperriges Kind, das immer lieb sein wollte

Dies ist meine früheste Erinnerung, jedenfalls die früheste, deren ich mir sicher bin. Ein Mann bringt mich in ein Haus. Das Haus ist mir fremd und auch den Mann kenne ich kaum. Mit ihm bin ich die letzten beiden Tage ganz lange mit der Eisenbahn gefahren. Das Haus wirkt dunkel. Man kommt in einen Raum, wohl ein Wohnzimmer. Dort steht ein älterer Mann. Er steht hinter einem riesigen Tisch. Er wirkt wie verbarrikadiert hinter dem Tisch. Der Tisch ist zwischen dem Mann und uns beiden, die wir gerade reinkommen. Außerdem sind da noch zwei Frauen, eine ältere und eine jüngere. Anscheinend sind sie auch gerade erst hereingekommen. Sie stehen beieinander, dicht an der Tür, als wollten sie gleich wieder rauslaufen. Sie wirken verlegen, so als wollten sie mit alledem nichts zu tun haben. Der ältere Mann sagt etwas, so etwa: „Das ist der Hans-Jürgen" und „Das ist der und der oder die und die". Richtig verstanden habe ich das nicht. Die beiden Frauen gehen wieder, und der Mann, der mich hergebracht hat, geht auch.

Später begreife ich: Das Haus ist das Haus meiner Großeltern, mein Zuhause in Eidinghausen. Der ältere Mann ist mein Großvater, die ältere Frau ist meine Großmutter und die jüngere Frau ist meine Mutter. Später weiß ich: Diese erste Begegnung mit meinen Angehörigen war am 5. August 1947. Da bin ich drei Jahre und vier Monate alt.

Eine andere Erinnerung ist noch älter. Aber die ist unbestimmter. Ich erinnere mich vage an eine gerade farblose Straße mit gleichförmigen zwei- oder dreistöckigen Häusern rechts und links. Die Häuser haben große Eingänge und breite Treppen, zumindest kommt mir das so vor. Ich gehöre wohl zu einem dieser Häuser. Es sind Mehrfamilienhäuser, ganz anders gebaut als das Einfamilienhaus meines Großvaters in Eidinghausen mit der gewundenen Treppe und die anderen Häuser rechts und links davon. Eine derartige Straße, wie ich sie in meiner Erinnerung vor mir sehe, gibt es in ganz Eidinghausen und Umgebung jedenfalls nicht. Vielleicht habe ich dieses Bild nur geträumt?

Jahrzehnte später, sobald die innerdeutsche Grenze 1989 offen ist, mache ich mich auf, die Orte meiner Kindheit, soweit ich von ihnen inzwischen überhaupt weiß, zu besuchen. Auf dieser Reise besuche ich auch das Dorf Deutzen im Kreis Borna bei Leipzig, wo ich bei Pflegeeltern gelebt habe. Und tatsächlich, in dieser Gegend gibt es auch jetzt noch Bergmannssiedlungen mit Straßenzügen, die genau so aussehen wie damals in der Nachkriegszeit die Straße, die in meiner frühesten, wenn auch ungenauen, Erinnerung auftaucht. Erst später erfahre ich, dass ich genau das Haus und genau die Straße, an die ich mich erinnere, jetzt, mehr als vierzig Jahre später, nicht mehr gesehen haben kann. Der gesamte frühere Ort Deutzen ist 1967 dem Braunkohletagebau zum Opfer gefallen. Das jetzige Dorf Deutzen entstand als typisches Bergarbeiterdorf neu. In der dortigen Gegend sind alle diese Siedlungen einander ähnlich, die älteren aus der Vorkriegszeit und die später wieder aufgebauten. An die Pflegeeltern erinnere ich mich nicht, von ihnen habe ich nur gehört. Mein Pflegevater war Bergmann.

An die Geschehnisse vom 3. bis zum 5. August 1947 gibt es noch eine andere Erinnerung, die eines Erwachsenen. Diese ist im Gegensatz zu meiner eigenen sehr präzise. Sie stammt von Herrn Wilhelm Horstmann. Er ist derjenige, der mich damals bei den Pflegeeltern in Deutzen abgeholt und zu den Großeltern nach Eidinghausen gebracht hat. Ihn habe ich anhand eines Schreibens von 1947, das ich nach dem Tod meines Großvaters 1972 in dessen Hinterlassenschaften gefunden hatte, im Jahre 1987 tatsächlich ausfindig machen und besuchen können, also vierzig Jahre später.

Herr Horstmann lebt als frisch pensionierter Versicherungsmakler in unserer Nachbarstadt Minden, und dort hat er immer gewohnt und gearbeitet. Nach dem Krieg nahm er manchmal Arbeiten für das Detektivbüro Alfred Lehmann aus dem benachbarten Rehme an. Dieses hatte im Jahr 1947 von Hermann Bartels aus Eidinghausen, also von meinem Großvater, den Auftrag, nach seinem 1944 in Wernigerode geborenen Enkel Hans-Jürgen, also mir, zu suchen. Über den Verbleib des Kindes, also über mich, gab es sonst keine weiteren Informationen. Ich wurde schließlich bei Pflegeeltern in Sachsen ausfindig gemacht, auf welchem Weg genau, weiß ich nicht, und Herr Horstmann wusste das auch nicht mehr. Für damalige Verhältnisse war dieser Vorgang nicht ganz so ungewöhnlich, wie es vielleicht heute scheinen mag. Nach dem Krieg wurden tausende und abertausende Menschen gesucht, auch viele Kinder, die auf der Flucht oder auf andere Weise verloren gegangen waren.

Herr Horstmann, damals 26 Jahre alt, wurde, ausgerüstet mit einem amtlichen Schreiben, aus der britischen in die sowjetische Besatzungszone geschickt, um das Kind, also mich, dort abzuholen. Die Aktion dauerte mehrere Tage, er hatte in derselben Gegend auch noch andere Dinge zu erledigen. Schwierigkeiten mit der Überschreitung der Besatzungszonen-Grenzen oder mit den Behörden in der Ostzone habe es nicht gegeben. Dass ich bei Kriegsende in einem Lebensbornheim in Kohren-Sahlis war und bei der Schließung des Heimes im April 1945 von Pflegeeltern aus Deutzen aufgenommen wurde, habe man ihm erst auf dem Landratsamt der Kreisstadt Borna berichtet. Überhaupt habe er, Herr Horstmann, auch erst dort erfahren, dass ich in einem Lebensbornheim geboren wurde, mein Großvater habe davon nichts gesagt.

Auch mit den Pflegeeltern habe es keine Schwierigkeiten gegeben. Sie wohnten zwischen Abraumhalden in einer Bergmannssiedlung, in einem Mehrfamilienhaus, zwei Treppen hoch. Ich hätte gerade auf dem Hof gespielt, als

Herr Horstmann ankam. Die Pflegeeltern, ein kinderloses, nicht mehr ganz junges Paar namens Fritz und Wally Rothenberger, seien zutiefst deprimiert gewesen. Offenkundig hätten sie mich sehr liebgehabt. Gewehrt gegen meine Rückgabe hätten sie sich aber nicht. Sie seien am nächsten Tag sogar beide mit nach Berlin gefahren. Zugverbindungen vom Westen nach Sachsen und umgekehrt seien damals nur über Berlin möglich gewesen. Sogar mit umgestiegen in den Zug nach Westen seien die Rothenbergers noch. Dann habe man so getan, als ob sie auf dem Bahnsteig in Berlin-Charlottenburg noch schnell etwas kaufen wollten, bevor die Reise weiterging. Also stiegen sie aus und der Zug fuhr ab.

Ein Schriftstück vermerkt dazu: „Die Übergabe des Kindes fand am 3.8.1947 in Berlin-Charlottenburg statt." Herr Horstmann schildert das so: Das Kind, also ich, habe während der gesamten Bahnfahrt, von Berlin bis nach Minden, einen ganzen Tag lang, ununterbrochen nur geweint. Er habe es nach der Ankunft nicht übers Herz gebracht, mich sofort bei Herrn Bartels in Eidinghausen, also bei meinem Großvater, abzuliefern. Ich sei völlig erschöpft gewesen vom vielen Weinen. Er habe mich dann erst mal zu sich nach Hause mitgenommen, zu seiner Frau, die gerade ihr erstes Baby erwartete und die sich hingebungsvoll um mich gekümmert habe.

Einen Tag später, als ich mich einigermaßen beruhigt hätte, sei er dann mit mir von Minden nach Eidinghausen zu Familie Bartels gefahren. Er habe mich auf die kleine Bank vor dem Haus gesetzt und sei allein hineingegangen, um das Geschäftliche mit Herrn Bartels zu erledigen. Der sei damals ein Mann „in den besten Jahren" gewesen, vital wirkend, im Auftreten bestimmt, nicht sonderlich großvaterhaft. Zwei Frauen seien auch ins Zimmer gekommen, eine ältere und eine jüngere. Dann habe er mich hereingeholt. Die Atmosphäre sei eisig gewesen. Niemand habe mich in den Arm genommen oder auch nur ein freundliches Wort zu mir gesagt.

Es sei völlig offensichtlich gewesen, dass beide Frauen von der Aktion völlig überrumpelt und auch nicht damit einverstanden waren. Meine Mutter sei überhaupt nur kurz aufgetaucht und gleich wieder verschwunden. Auch meine Großmutter sei sehr reserviert gewesen. Wie gesagt, das alles habe ich in dieser Form und Genauigkeit erst als Erwachsener erfahren. Aber diese Erzählung von Herrn Horstmann zeigt: Im Kern ist meine eigene, sehr frühe Erinnerung richtig. Mein Gefühl, damals als Dreijähriger, nicht willkommen zu sein, trog nicht. Ein Gefühl bleibt prägnanter in der Erinnerung als ein Ereignis.

Übrigens, Herr Horstmann hat sich gefreut, mich nach vierzig Jahren wiederzusehen. Seine Frau öffnet die Tür, er kommt hinzu, sieht mir offen und aufmerksam ins Gesicht, strahlt. „Ja genau! Das ist er! Herzlich willkommen!"

Ich wachse also bei den Großeltern auf. Für mich ist das ganz normal, ich kenne nichts anderes. In der Nachkriegszeit sind viele Familien unvollständig oder neu zusammengesetzt. Viele Kinder haben keine Väter, die Väter sind noch in Gefangenschaft oder aus irgendwelchen anderen Gründen nicht da. Auch mein Geburtsort Wernigerode am Harz ist nicht weiter erklärungsbedürftig. Schließlich ist Krieg und vieles ist durcheinander. Im Harz ist es immerhin noch ruhiger damals, Bombenangriffe brauchte man keine zu befürchten.

Mein Großvater ist Tischler- und Holzbildhauermeister, im Ort anerkannt und beliebt. Er darf auch für die englischen Besatzungsoffiziere arbeiten, die brauchen Möbel und Innenausbauten für ihr Kasino, und manchmal lassen sie sogar etwas an ihren Segelbooten auf dem Dümmer-See reparieren. Anfangs wohnen wir beengt. Ich schlafe bei den Großeltern im Zimmer, meine Mutter muss abends auf dem

Sofa im Wohnzimmer ihr Bett aufbauen. Ihr Bruder, Onkel Fritz, wohnt mit Frau und Kind auch im Haus, sie haben zu dritt nur eine einzige kleine Dachkammer. Außerdem sind von Amts wegen Flüchtlinge einquartiert. Erst 1949 entspannt sich die Wohnsituation.

Der Tischlerbetrieb läuft gut, mein Großvater kann sich schon bald wieder ein Auto leisten, wie früher. Allerdings kann er selbst nicht Auto fahren und so hatte sein ältester Sohn, mein Onkel Fritz, mit einer Sondergenehmigung schon Ende der 1920er Jahre mit 16 den Führerschein machen dürfen. Meinen Großvater habe ich immer geliebt und verehrt. Opi ist klug und belesen, er besitzt viele Bücher und hat sogar mehrere Tageszeitungen abonniert. Besonders dafür bewundere ich ihn. Großvater hat Angestellte und Lehrlinge. Omi und meine Mutter helfen im Betrieb mit. Außerdem haben die beiden Frauen den großen Garten mit Obst und Gemüse zu besorgen und sie müssen auch für die Angestellten und die Lehrlinge mitkochen. Der Garten ist mein Kindheitsparadies. Das Grundstück liegt mit der Schmalseite an der Durchgangsstraße und zieht sich, senkrecht zur Straße, an der Flutmulde entlang bis weit hinunter an die Werre, einen Nebenfluss der Weser. Dort haben wir ein eigenes kleines Boot liegen, das hat Opi selbst gemacht.

Opi ist meistens lustig, er hat den Schalk hinter den Ohren. Er kann auch sehr eigensinnig sein, gegen seinen

Willen ist nichts möglich. Er hat immer viel zu tun und wenig Zeit für mich. So habe ich viele Freiheiten und werde von anderen Jungen deswegen beneidet. Besonders von meinem fast gleichaltrigen Vetter, der ja mit seinen Eltern in den ersten Nachkriegsjahren noch im selben Haus wohnt, später ganz in der Nähe. Dessen Vater, Onkel Fritz, ist streng und mit meiner Erziehung nicht immer einverstanden. Omi ist ja auch ein bisschen strenger als Opi, aber meistens doch eher ganz lustig. Letzten Endes ist es zum Glück immer Opi, der in Zweifelsfällen das Sagen hat. Wir beide, auch mein Cousin, wenden uns mit allem, was uns bewegt, und besonders, wenn es Probleme gibt, immer zuerst an Opi. Und der, Hermann Bartels, ist ja schließlich auch ganz offiziell mein Vormund, mein Erziehungsberechtigter. Das entspricht dem damaligen Recht, meine Mutter ist ja nicht verheiratet.

Natürlich weiß ich schon früh, dass ich einen Vater habe, und ich weiß auch, dass der im Gefängnis ist. Oder in Kriegsgefangenschaft. So genau wird das nicht unterschieden. Jedenfalls hinter Gittern, bei den Amerikanern und weit weg. Darüber wird nicht weiter geredet. Irgendwie präsent ist das Thema aber schon. Großvater sitzt oft am Radio und hört bestimmte Nachrichten. Es werden immer wieder Leute im Gefängnis aufgehängt und darüber wird dann im Radio gesprochen. Mein Vater ist wohl auch einer von denen, die aufgehängt werden sollen. Großvater ist jedes

Mal sehr erregt, wenn solche Nachrichten im Radio kommen. Er verfolgt am Lautsprecher, ob der Name meines Vaters, Friedrich Christ, genannt wird. Ich weiß nicht, ob Opi das nun gut findet oder schlecht, dass die Gefangenen aufgehängt werden. Wahrscheinlich eher gut, denn sie haben ja etwas verbrochen. Was genau, weiß ich nicht. Jedenfalls war das im Krieg. Außerdem mag Opi meinen Vater wohl sowieso nicht leiden. Zu dieser Zeit bin ich fünf Jahre alt und habe meinen Vater noch nie gesehen.

Und meine Mutter? So lebhaft meine Erinnerungen an meine Großeltern und mein Zuhause in Eidinghausen auch sind, Erinnerungen an meine Mutter habe ich nur wenige. Ihr Bild bleibt blass. Manchmal, wenn ich später als erwachsener Mann nach ihr gefragt werde, dann weiß ich nicht so recht, was ich antworten soll. Ja, meine Mutter ist hübsch und gepflegt gewesen, ab und zu hat sie sich die Fingernägel lackiert und ist ausgegangen. Alle mochten sie gerne. Nein, verhärtet ist sie nicht gewesen, eigentlich ganz lieb. Mehr weiß ich über sie nicht zu sagen.

Es klingt, als spräche Jürgen über eine Fremde. Niemals sprach er von „Mama" oder „Mutti". Niemand erinnert sich daran, wie Jürgen als Kind seine Mutter eigentlich angeredet hat. Hat er sie überhaupt angeredet oder hat er das immer vermieden? Das alles kann man nur richtig verstehen, wenn man Folgendes bedenkt: Jürgen hatte ja weder als Säugling noch als Kleinkind Kontakt zu seiner Mutter. Er war von Geburt an im Heim, und

zwar nicht in einem gewöhnlichen Kinderheim, sondern einem Le-
bensborn-Heim der SS, also in einer Art von Heim, wo schon im
Säuglingsalter größter Wert auf seelische Abhärtung gelegt
wurde, wo die Mütter ihre Kinder allenfalls beim Stillen sahen
und sonst keinen Kontakt zu ihnen haben durften. Nach der Ent-
bindung ließ ihn seine Mutter im Heim zurück und fuhr ohne ihn
nach Hause. Danach kam er in ein anderes Lebensborn-Heim und
später dann zu fremden Leuten. Aber es ist nun nicht so, dass Jür-
gen das alles seiner Mutter übelgenommen hätte und er sich des-
wegen bewusst oder unbewusst gar nicht an sie erinnern wollte.
Nein, er wusste das als Kind alles ja gar nicht. Eine Erinnerung,
die er hätte verdrängen können, gab es ja nicht. Er hatte einfach
selbst kein inneres Bild von seiner Mutter und deswegen konnte
er kein Bild von ihr vermitteln. Da, wo in der Seele von geborgener
aufgewachsenen Menschen der Platz der Mutter ist, diese Stelle
war bei Jürgen einfach leer.

Einmal kommt mein früherer Pflegevater aus der Ostzone angereist. Es wird gesagt, Herr Rothenberger habe
meinen Großvater weinend und auf Knien angefleht, mich
ihm zurückzugeben. Das muss 1948 oder vorher gewesen
sein, denn 1949 haben die Pflegeeltern dann ein anderes
Kind adoptiert. Aber das habe ich erst viel später erfahren.
Ich selbst erinnere mich nicht an diesen Besuch, aber ich
weiß noch, dass meine Mutter mich immer angehalten hat,
zu Weihnachten an diese Leute in Sachsen zu schreiben und
mich für die Weihnachtspost zu bedanken.

Mehrmals bin ich mit meiner Mutter nach Süddeutschland gefahren, um dort Verwandte zu besuchen.
Der eine ihrer Brüder, der Müllermeister Hermann Bartels,
lebt in Crailsheim in Baden-Württemberg. Er hat dort in eine
Mehlmühle mit Steinbruch eingeheiratet. Ich habe inzwischen dort mehrere Cousinen und Cousins. Wir spielen alle
zusammen bei den Enten am Fluss hinter dem Anwesen, an
der Jagst. Einmal wäre ich bei Hochwasser beinahe im Wehr
ertrunken.

Meine Mutter fährt auch einmal oder zweimal mit mir nach Freising, zu meiner anderen Großmutter, Theresia Christ. Das ist die Mutter meines Vaters, der noch immer im Gefängnis sitzt und den ich nicht kenne. An diesen Besuch bei Oma Resi habe ich allerdings keine klaren Erinnerungen. Aber es gibt Fotos: Ich mit meiner Cousine Mausi und ihrem Bruder auf einer Schaukel im Garten unter Obstbäumen. Mausi bleibt lebenslang meine Lieblingscousine. Aber bald hören die Reisen auf, die nach Crailsheim und auch jene nach Freising.

Das Bild beginnt sich zu verdüstern. Großvater wird älter, er ist schon über sechzig. Das Geschäft läuft nicht mehr so gut, Angestellte oder Lehrlinge sind nicht mehr da. Die Zeit der kleinen und mittleren Handwerksbetriebe geht mit dem bundesrepublikanischen Wirtschaftswunder und der zunehmenden Industrialisierung zu Ende. Großvater versucht, mit einem kleinen Schreibwaren- und Zeitschriftenhandel das Familieneinkommen aufzubessern. Er nimmt auch noch Aufträge für die Möbeltischlerei an, aber die Kunden werden immer seltener. Später verpachtet er den Handwerksbetrieb, aber der Pächter zahlt nicht regelmäßig und muss herausgeklagt werden. Das Geschäft muss ja nicht nur meinen Großvater selbst und meine Großmutter ernähren, sondern auch noch mich und meine Mutter. Die hat nur kurze Zeit außer Haus gearbeitet, im Büro eines Industriebetriebs, und versichert ist sie auch nicht, noch nicht einmal als mithelfendes Familienmitglied. Finanziell ist sie völlig von ihrem Vater abhängig. Und dann, 1952 muss das gewesen sein, wird sie krank. Sie wird nicht wieder gesund, wie sich bald herausstellt. In der Steuererklärung von 1953 gibt mein Großvater an, seine Tochter sei wegen Krankheit ohne eigenes Einkommen. Sie liegt oft wochen- oder sogar monatelang im Krankenhaus. Opi muss alles aus eigener Tasche bezahlen. Im Dorf wird gemunkelt, dass die Krankheit meiner Mutter die Familie finanziell ruiniert habe. Im Alltagsleben ändert sich für mich durch die häufige Abwesenheit meiner Mutter kaum etwas, ich bin ja ohnehin eher das Kind meiner Großeltern. Aber die allgemeine Stimmung zu Hause verdüstert sich.

Meine Mutter stirbt im Krankenhaus zwei Tage vor meinem elften Geburtstag, an einem Karfreitag. Kurz zuvor hatte ich meine Aufnahmeprüfung für die höhere Schule bestanden. Das hat meine Mutter noch miterlebt, sie hat sich sehr gefreut. Sie war erst 38 Jahre alt, als sie starb. Zur Beerdigung werde ich nicht mitgenommen, man findet das nicht passend für ein Kind. Die Großeltern sind sehr bedrückt, Großvater ist jetzt 63 Jahre alt, Großmutter 61. Sie erholen sich nicht wieder und altern nun rasch. Die Leute sagen, der Tod ihrer Tochter habe sie gebrochen. Für mich ändert sich auch jetzt das tägliche Leben nicht weiter.

Ich gehe also nun in die höhere Schule, das Immanuel-Kant-Gymnasium in Bad Oeynhausen, eine Zeit lang in die gleiche Klasse wie mein Vetter. Damals werden die Jungen von den Lehrern üblicherweise noch mit dem Nachnamen angeredet. Also Bartels I, der Ältere, also ich, und Bartels II, der Jüngere. Wenn einer etwas ausgefressen hat, gerügt oder sogar zum Direktor zitiert wird, dann ist das immer Bartels I. Ich kann sehr rebellisch sein, ich provoziere gerne. Disziplin fällt mir schwer, besonders, wenn ich den Sinn einer Maßnahme nicht einsehe. Ich lese viel und gerne, ich kann schnell lernen. Aber oft bin ich flüchtig, habe wenig Durchhaltevermögen und lasse mich rasch entmutigen. Dementsprechend sind meine Schulleistungen schwach. Opi hat zunehmend weniger Einfluss auf mich, er kommt nicht mehr mit mir klar.

Großvater bekommt keine Rente. In die Rentenversicherung hat er nicht eingezahlt, wie seinerzeit viele selbständige Handwerker auch nicht. Pflicht ist das damals noch nicht. Das früher Gesparte und privat Angelegte ist im Krieg verlorengegangen, und die guten Jahre nach dem Krieg dauerten nicht lange genug, um ausreichend viel Geld neu anzusparen. Und für eine Mindestrente aus seiner Zeit als Lehrling und Geselle, vor seiner Selbstständigkeit also, fehlen ihm genau drei Versicherungsmonate. Zwar hatte er auch später noch einmal als Angestellter gearbeitet, zwangsverpflichtet für die britische Besatzungsmacht, gleich nach dem Krieg. Aber das lässt sich viele Jahre später nicht mehr zweifelsfrei nachweisen. Großvater klagt gegen die Rentenversicherung wegen Ablehnung der Rente, und er bekommt in erster Instanz Recht, in zweiter Instanz verliert er. Er resigniert, sein Anwalt legt das Mandat nieder. Großvater muss einfach weiterarbeiten, solange er kann.

Wir leben bescheiden. Die Klassenkameraden können sich mehr leisten, mein Vetter auch. Der darf jedes Jahr mit seinen Eltern in den Ferien an die Nordsee fahren. Ich hätte mir so sehr gewünscht, dass mein Onkel Fritz mich einmal eingeladen hätte, an die Nordsee mitzukommen. Aber ich bleibe jahraus, jahrein jede Ferien zu Hause. Aber immerhin, ich habe einen wirklich guten Fotoapparat und ein Fahrrad. Damit bin ich viel unterwegs. Gerne verbringe ich meine Zeit auf dem Segelflugplatz in der Nähe und mache mich dort ein bisschen nützlich.

Einmal taucht mein Vater auf. Ich bin gerade konfirmiert, und mein Vater ist jetzt aus dem Gefängnis entlassen. Er hat eine gute Arbeit, er ist Elektromeister oder sogar Ingenieur und wohnt in der Nähe von Köln. Die Großeltern haben ihn wohl eingeladen. Er kommt mit dem Zug zu Mittag und fährt nach dem Kaffeetrinken wieder ab. In der Zwischenzeit geht man spazieren. Ich erinnere mich kaum daran, aber immerhin, es gibt ein Foto von mir und meinem Vater. Wir sehen uns ähnlich, aber wir bleiben uns fremd. Weitere Besuche folgen nicht.

Mein Zeugnis der Mittleren Reife ist trotz einer Klassenwiederholung mäßig, eigentlich schlecht, vielversprechend jedenfalls nicht. Immerhin werde ich versetzt. Großvater nimmt mich vom Gymnasium in Bad Oeynhausen und schickt mich Ostern 1962 zur Obersekunda auf das König-Wilhelm-Gymnasium in Höxter. Ich wohne in dem zugehörigen Alumnat. Das kann er sich finanziell kaum leisten, aber er hofft, dass die Lehrer und Erzieher dort mich besser in den Griff bekommen und dass ich meine Leistungen verbessern kann. Dieser Versuch ist leider vergeblich, das Klassenziel erreiche ich nicht. Ich bin entmutigt und beschämt. Ich selbst beschließe, mit einem Zeugnis der Obersekundareife von der Schule abzugehen, ich will Opi nicht länger zur Last fallen. Großvater ist einverstanden, er hat kaum noch Einkünfte. Er ist jetzt fast 70 Jahre alt und nicht mehr gesund. Ende 1962 meldet er alle seine Betriebe ab. Die Holzbildhauerei hatte seit 1921 bestanden, die

Möbeltischlerei seit 1930 und das Papierwarengeschäft seit 1955. In seinen letzten Lebensjahren wird er von seinen beiden Söhnen finanziell unterstützt. Ich kann nichts beitragen, ich muss sehen, dass ich selbst zurechtkomme.

Für kurze Zeit arbeite ich als Packer bei der Firma Melitta in Minden und dann als Aushilfsbote bei der Post. Zur Arbeit fahre ich mit dem Fahrrad, ich wohne noch zu Hause. Nach wenigen Monaten melde ich mich zur Bundeswehr und verpflichte mich für vier Jahre. Großvater ist einverstanden. Ich bin jetzt 19 Jahre alt und stehe auf eigenen Füßen, ich bekomme Sold und habe ein Dach über dem Kopf.

Ich melde mich für weit entfernte Standorte. Für mich ist das ein bisschen so wie Ersatz für die Ferienreisen, die ich nie machen konnte. Zur Grundausbildung bin ich im Mai 1963 in Schleswig-Holstein. Ich leiste mir von meinem ersten Sold ein gebrauchtes Auto, einen VW Käfer natürlich, das war damals Kult. Ich gehe mit großer Begeisterung in Hamburg ins Theater und ins Konzert. Ich kaufe mir Schallplatten mit klassischer Musik, die ich unzählige Male abspiele und auch später, als die Zeit der Schallplatten längst vorbei ist, immer sorgfältig aufbewahrt habe. Und in Hamburg habe ich meine erste „richtige" Freundin, die dort noch zur Schule geht und an die ich mich mein Leben lang freundlich erinnere. Bei ihren Eltern bin ich wohlgelitten, und das Teestövchen, das sie mir geschenkt hat, benutze ich bis heute. Dann komme ich zur Luftwaffe nach Kaufbeuren in Bayern und werde dort bei der Flugsicherung ausgebildet.

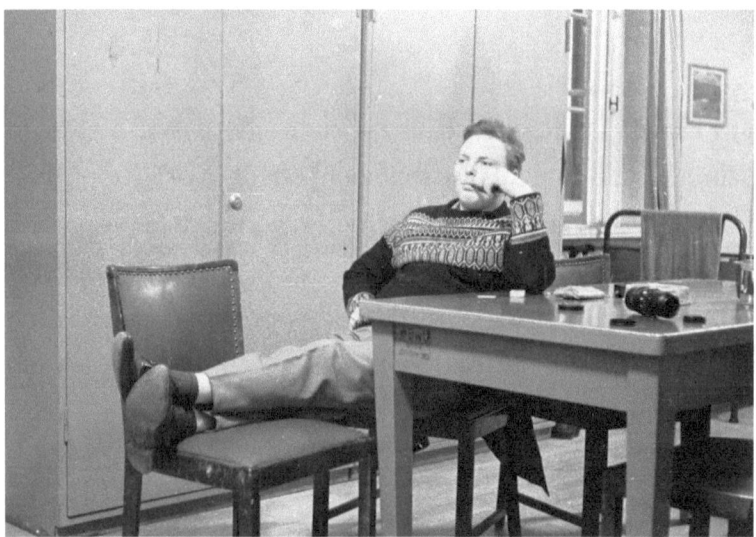

An die Bundeswehrzeit erinnere ich mich teilweise wie an einen Abenteuerurlaub. Aber auf die Dauer komme ich auch hier nicht zurecht. Wie schon in der Schule habe ich Schwierigkeiten mit Gehorsam und Disziplin. Ich kann sehr aufsässig sein, ich lasse mir nichts gefallen. Ich reiche Beschwerden ein, die berechtigt sind und denen sogar teilweise stattgegeben wird. Aber an Karriere ist so natürlich nicht zu denken. Zum Schluss werde ich sogar nach vier Disziplinarstrafen noch degradiert. Die Zusatzbezeichnung UA, Unteroffiziersanwärter, wird mir aberkannt, ich bin nur noch einfacher Gefreiter. Das ist mir inzwischen schon egal, bei der Bundeswehr will ich auf Dauer jetzt ohnehin nicht mehr bleiben. Aber immerhin, ich halte die vereinbarte Zeit durch, von Juni 1963 bis Juni 1967.

Nach vier Dienstjahren stehen mir finanzielle Leistungen für eine Berufsausbildung zu. Nach längerem Suchen wähle ich den gehobenen Justizdienst. Die Aufnahmeprüfung bestehe ich mit Bravour. Ein Jahr arbeite ich am Amtsgericht Kaufbeuren als Rechtspflegeanwärter. Aber schon bald nach Dienstantritt finde ich heraus, dass ich in Nordrhein-Westfalen auch ohne Abitur zum Lehrerstudium zugelassen werden kann. Und was noch besser ist: Mit dem bestandenem Lehrerexamen hat man die allgemeine Hochschulreife erreicht. Genau das ist mein eigentliches Ziel. Ich bewerbe mich also und bestehe die Begabtensonderprüfung in Düsseldorf im Juni 1968 ohne Schwierigkeiten. Daraufhin breche ich die Ausbildung in Bayern ab und beginne im Herbst 1968 das Studium an der pädagogischen Hochschule in Bielefeld. Ich bekomme ein Stipendium nach dem Honnefer Modell. Durch Lastwagenfahren verdiene ich dazu, den Führerschein habe ich bei der Bundeswehr gemacht.

Jetzt bin ich wieder nahe bei den Großeltern. Bald, 1970, stirbt meine Großmutter. Danach habe ich tagelang einen unstillbaren Schluckauf, bis mir der vierte Arzt in der dritten Notaufnahme erklärt, das könne seelisch bedingt sein. Er fragt mich nach meinem Kummer. Dann hilft auch das Medikament, das er mir verordnet. Mein Großvater wohnt nun allein in seinem Haus in Eidinghausen und wird zunehmend hinfällig. Allmählich verliert er den Überblick

über seine eigenen Angelegenheiten, in seinen lose ange-
häuften Papieren finden sich später Mahnungen über
Stromrechnungen oder Friedhofsgebühren, sogar noch un-
geöffnete Briefe. Er sieht selbst, dass die Situation unhaltbar
wird, auch finanziell. Er überlegt, das Haus zu verkaufen.
Vermieten kann er nicht, er müsste erst renovieren, aber dafür fehlen Geld und Kraft.

Zunächst zieht Opi in den Haushalt von Onkel Fritz,
also zu seinem älteren Sohn, wenige Straßen weiter, und
wird von dessen Frau mitversorgt. Für alle überraschend
entscheidet er sich nach einiger Zeit für einen Umzug nach
Crailsheim in Baden-Württemberg zu seinem jüngeren
Sohn Hermann. Ebenfalls überraschend setzt er diesen als
seinen Alleinerben ein. Vielleicht, meinen später einige
Leute, ist er da schon nicht mehr ganz klar im Kopf.

Mein Großvater Hermann Bartels stirbt 1972 in Crailsheim, knapp zwei Jahre nach meiner Großmutter Minna.
Das Haus, mein Zuhause, nach dem Tod beider Großeltern
mein einziger fester Bezugspunkt, wird ohne mein Wissen
von meinem Onkel Hermann verkauft. Ich habe kaum noch
Zeit, ein paar Erinnerungsstücke abzuholen. Das Haus wird
abgerissen, auf dem Gelände entsteht eine Bankfiliale. Später kämpfen mein Onkel Fritz Bartels und ich vor Gericht
um unser gesetzliches Erbteil. Wir bekommen Recht, aber
ein Erbe ist praktisch kaum noch vorhanden. Großvater
starb arm.

Wann und von wem ich wichtige Fakten zu meiner eigenen Biografie erfahren habe, weiß sich nicht so genau. Dass ich ein uneheliches Kind bin, wird mir spätestens bei der Einschulung bewusst. Im Klassenbuch steht nur der Name der Mutter, die Zeile des Vaters bleibt leer. Dass mein Vater im Gefängnis ist, weiß ich ebenfalls schon früh. Aber dass er SS-Offizier ist, einer der Angeklagten in einem spektakulären Prozess, dem Malmedy-Prozess, und dann verurteilter Kriegsverbrecher, erfahre ich in dieser Form erst zur Gymnasialzeit. Aber von wem? Gerüchteweise im Dorf? Hat der Großvater mir vielleicht etwas erzählt? Ich glaube kaum. Und wenn ja, wie vollständig, wie ausführlich, wie ehrlich, wie objektiv? Ich weiß es nicht.

Ich informiere mich dann jedenfalls selbst und lese viel, über die Nürnberger und Dachauer Prozesse, über die Ardennenoffensive, das Malmedy-Massaker. Hierüber gibt es einen seinerzeit sehr populären historisch inspirierten Roman und auch sonstige Literatur. Jedoch existieren in den sechziger und siebziger Jahren, als ich anfange zu suchen, und auch später noch, als ich Geschichte studiere, bei weitem noch nicht die sehr viel besseren Informationsmöglichkeiten, die später zur Verfügung stehen. Seinerzeit habe ich Zugang zu eher beschönigenden, populistischen oder sogar revanchistischen Quellen aber kaum zu soliden Forschun-

gen. Vor allem gibt es noch kein Internet und viele historische Quellen sind selbst in den Archiven noch nicht frei zugänglich.

Die Suche nach den Spuren meines Vaters ist also
meist vergeblich. Mein Wissen bleibt lückenhaft und, wie
sich erst viel später herausstellt, auch teilweise falsch. In den
ungeordneten Papieren meines Großvaters finde ich lange
nach dessen Tod einen Zeitungsartikel der Frankfurter Allgemeinen Zeitung vom 28.3.1949 mit der Meldung, dass der
zum Tode verurteilte ehemalige SS-Obersturmführer Friedrich Christ, also mein Vater, zu lebenslanger Haft begnadigt
wurde.

Von meinem Vater selbst erfahre ich nichts, jedenfalls
damals nicht. Erst Ende der neunziger Jahre ist er, nun
schon fast achtzig Jahre alt, ein einziges Mal bereit, mir zu
erzählen, wann und wo er meine Mutter kennengelernt
hatte und welcher Art die Verbindung war. Ich bin froh und
erleichtert, dass die Beziehung zwischen meinen Eltern, wie
mein Vater sagt, eine kleine Sommerliebe war, ein Urlaubs-
flirt zu Kriegszeiten. Diese Vorstellung gefällt mir, ich fühle
mich geradezu entlastet. Ein Produkt der NS-Ideologie, bewusst gezeugt als „reinrassiger arischer Nachwuchs", hätte
ich nicht sein wollen. Aber kein Wort hat mein Vater jemals
mir gegenüber verloren über den Krieg, über seine eigene
Kriegsbeteiligung, über seine Gefängniszeit oder allgemein

über sich selbst. Diese Themen nicht zu berühren ist Vorbe-
dingung für ein gemeinsames Gespräch.

Ist mein Vater ein wirklicher Kriegsverbrecher? Oder
vielleicht doch ein Held? Oder beides? Oder keines von bei-
dem? Ist er ein verblendetes Opfer der NS-Ideologie? Das ist
vielleicht das Wahrscheinlichste. Empfinde ich es als Last,
einen verurteilten Kriegsverbrecher zum Vater zu haben?
Diese Frage verneine ich, als sie mir direkt gestellt wird. Das
ist meine ehrliche Antwort.

*Viele Fragen blieben ein Leben lang unbeantwortet. Wie
viel Ungewissheit, und vor allem wie viel Uneindeutigkeit, konnte
Jürgen ertragen? Wie viel Ambivalenz war beim Thema SS und
NS-Verbrechen in der Nachkriegszeit und noch lange danach
überhaupt gesellschaftlich konsensfähig? Die lange vorherr-
schende Schwarz-Weiß-Betrachtungsweise wurde ja erst allmählich zugunsten differenzierterer Sichtweisen aufgegeben. Subjek-
tiv war Jürgens Antwort auf die oben zitierte Frage nach empfun-
denen Belastungen ehrlich. Aber wie gut kannte er sich selbst?*

Dass ich ein Lebensbornkind bin, erfahre ich noch viel
später, als dass ich das Kind eines Kriegsverbrechers bin.
Zumindest begreife ich das erst so richtig gegen Ende der
achtziger Jahre, also erst mit Mitte vierzig. Zu dieser Zeit
fange ich an, ermutigt durch meine Frau und angeregt
durch ein Methodenseminar (bei Gabriele Rosenthal) während meines damaligen Soziologie-Studiums, mich nicht

nur mit der Biografie meines Vaters, sondern nun auch mit meiner eigenen Geschichte zu beschäftigen.

Vom Lebensborn hatte ich bis dahin noch nie etwas gehört, geschweige denn davon, dass mein eigenes Leben damit zu tun haben könnte. Gerüchte über die Umstände meiner Zeugung und Geburt waren mir zwar schon vorher zu Ohren gekommen, aber ich hatte mich nie näher damit beschäftigt. Lange war mir völlig egal, warum ich in Wernigerode geboren bin, meine Mutter war eben in Urlaub oder so. Das war vorher meine Haltung. Dass ich nach dem Krieg bei Pflegeeltern war, wusste ich schon als Kind. Die Kontakte zu ihnen wurden ja von meiner Mutter und auch von meiner väterlichen Großmutter Theresia gepflegt. Aber dass diese mich aus einem SS-Heim geholt hatten, erfuhr ich erst viel später, 1988, also kurz vor der Wende, auf Grund einer schriftlichen Anfrage beim Landratsamt Borna in Sachsen. Mein Großvater hatte mir das nicht erklärt, obwohl er es sehr wohl selbst wusste. Aber, wie gesagt, ich hatte mich ja lange Zeit selbst auch nicht weiter dafür interessiert.

Hans-Jürgen hatte sich, wohl ohne sich dessen bewusst zu sein, dem familiären Schweigegebot unterworfen. Der frühe Tod der Mutter an Krebs und die vage Angabe von einem „Vater im Krieg" genügten für eine stimmige Erzählung, zur Begründung des Aufwachsens bei den Großeltern. Ebenso verhinderte der frühe Tod der Mutter eine kritische Auseinandersetzung mit ihr. Die

ungeheuerliche Wut und Empörung des verlassenen Kindes ka-
men Jürgen nie zu Bewusstsein, manifestierten sich jedoch in sei-
nem Charakter: Energiegeladen, mit Lust am Disput, aufsässig,
oft stur. Verlustängste, emotionale Bedürftigkeit und Unsicher-
heit verbarg er hinter einer lauten und fantasievollen Fassade. Da-
rin war er meistens erstaunlich erfolgreich. In seinem Denken und
seinem Auftreten einschließlich seiner Kleidung, war er unkon-
ventionell, häufig auch provokant. Immer fand er trotz seines sper-
rigen Charakters Menschen, die ihn mochten.

Nun aber, Ende der 1980er Jahre, fange ich an, genauer hinzusehen und ältere Verwandte und andere Leute
zu befragen, Herrn Horstmann zum Beispiel, der mich aus
Deutzen abgeholt hat, damals 1947. Ich besorge mir Literatur über den Lebensborn. Da gibt es schon einiges, das
meiste ist Journalistik oder historisch inspirierte Belletristik.
Einschlägige wissenschaftliche Werke wie die wegweisende
Arbeit von Lilienthal sind noch kaum oder gar nicht zu finden. Sie erreichen anfangs eher akademische Kreise.

Inzwischen ist auch die innerdeutsche Grenze gefallen und ich kann mir die Stätten meiner frühen Kindheit an-
sehen: Die geburtshilfliche Abteilung des jetzigen Kreis-
krankenhauses in Wernigerode, früher SS-Entbindungsheim, die Rote-Kreuz-Einrichtung für Behinderte in Kohren-Sahlis, früher SS-Kinderheim, und das Bergarbeiterdorf
Deutzen bei Borna in Sachsen, von dem ich aber erst viel

später erfahre, dass dies nicht der originale Ort meiner frühesten Kindheitserinnerung ist.

Zu dieser Zeit ergibt es sich auch, dass ich in Kontakt komme mit einer psychologisch begleiteten Selbsthilfegruppe von Nachkommen von NS-Verbrechern. Bekannte Namen sind darunter - und bekannte Schicksale. Lange bleibe ich nicht in dieser Gruppe. Ich fühle mich nicht wohl in den stark weiblich dominierten, sehr emotional geführten Gesprächsrunden mit dem Hauptthema Hassliebe zu den abwesenden, von den jeweiligen Müttern verklärten Vätern. Aber es hilft, mein eigenes Schicksal und Erleben besser einzuordnen. Mir wird deutlich, dass es mir jedenfalls viel besser gegangen ist als allen anderen in der Gruppe. Ich hatte ja meine Großeltern und ich wusste immer, wer ich bin, wer meine Mutter ist und wer mein Vater.

Interessant und, ja, auch hilfreich für mich ist ein langes Einzelgespräch mit einem bekannten israelischen Sozialpsychologen (Dan Bar-On), der unter anderem über Täterkinder und die heilende und versöhnende Kraft des Erzählens geforscht und geschrieben hat. Der kam eigens zu mir nach Hause, um mich zu befragen. Verwertet hat er dieses Interview in seinen späteren Büchern aber nicht, jedenfalls nicht unmittelbar. Am nächsten Tag traf ich ihn nochmals in Begleitung eines französischen Journalisten und eines Fernsehteams, die letztlich dann aus einem Interview mit mir und zwei anderen Betroffenen einen Radiobeitrag gemacht haben. Danach habe ich innerlich mit dem Thema abgeschlossen, ich habe nicht mehr den Wunsch, noch weiter zu recherchieren. Was soll dabei schon noch Interessantes herauskommen.

Dem nach der Jahrtausendwende neu gegründeten Verband ehemaliger Lebensbornkinder Lebensspuren e.V. habe ich mich nicht angeschlossen. Ich weiß nicht, was ich da soll, was mir das bringen könnte. Einige Jahre später kommt es zu einem Kontakt zwischen mir und einer sehr kundigen Journalistin und Autorin, die sehr viel über den Lebensborn und einzelne Lebensbornschicksale recherchiert und veröffentlicht hat (Dorothee Schmitz-Köster). Sie führt 2013 ein ausführliches Interview mit mir in Berlin. Extra dafür kommt sie mit ihrem Aufnahmegerät in die Wohnung meines Schwagers, wo ich während meiner Berlin-Besuche immer wohne. Diese Begegnung finde ich recht interessant, aber weiterverfolgt habe ich das Thema danach nicht mehr.

Mit meinem Leben in den letzten Jahren bin ich einverstanden, und auch mit der Vergangenheit habe ich meinen Frieden. Fast solange ich denken kann, hatte ich mein Zuhause bei den Großeltern. Mit meinem Vater bin ich versöhnt. Ich bin meinem Vater dankbar, dass ich lebe. Ich lebe gerne.

Jürgens Mutter kam in seiner Schlussbetrachtung nicht vor, blieb Leerstelle. Seine stark idealisierende Sicht auf seinen Großvater hat er niemals infrage gestellt.

Hans-Jürgen Bartels starb im Juni 2015 im Alter von 71 Jahren, wie seine Mutter und wie sein Vater an Krebs. Als er von seiner Krankheit erfuhr, hatte er statistisch gesehen noch zwölf bis achtzehn Monate Zeit. Er versuchte, mit den Mächten des Schicksals zu verhandeln um noch einige Monate mehr. Aber er haderte mit dem nahenden Tod nicht, so wie er mit dem langsam sich entfernenden Leben nicht gehadert hatte.

Helene Bartels, undatiert, ca. 1950

2. Nie hatte ich eine andere Wahl

Oder: Eine hilflose Mutter, ein unerwünschtes Kind

Ich sitze im Zug. Es ist Sommer 1943, mitten im Krieg. Aber der ist, vorerst noch, weit weg, irgendwo im Osten. Ich fahre zu meinem Bruder Hermann. Vor kurzem hat er nach Crailsheim in Franken geheiratet. Eine gute Partie, seine Frau erbt eine Mühle und einen Steinbruch, zumindest Teile davon. Hermann ist gerade auf Urlaub, er ist Berufssoldat und bei der Luftwaffe. So war er nach Süddeutschland gekommen. Den väterlichen Tischlereibetrieb zuhause in Eidinghausen hatte er ohnehin nicht übernehmen wollen. Der Älteste von uns drei Geschwistern, unser Bruder Fritz, ist Kaufmann im Möbel- und Holzgeschäft und am Ort geblieben. Zurzeit ist auch er im Krieg, beide Brüder sind das schon von 1939 an.

Ich muss nicht nur die Mutter bei der Hauswirtschaft und im Garten unterstützen, sondern auch in der Tischlerei mithelfen. Das tue ich, seit ich mit der Volksschule fertig bin, schon seit mehr als zehn Jahren. Einen Beruf gelernt habe ich nicht. „Nicht nötig für ein Mädchen, die heiratet ja doch", das ist die allgemeine Auffassung bei uns im Dorf, und meine Eltern denken auch so. Ein eigenes Einkommen habe ich nicht. Um jeden Pfennig muss ich betteln.

Nun hat Vater mir ein paar Tage frei gegeben, um meinen Bruder Hermann zu besuchen. Ich freue mich darauf, ihn wiederzusehen, aber noch mehr darüber, einfach einmal von zuhause wegzukommen, ein paar Tage lang keine Pflichten zu haben.

Im Zug treffe ich einen jungen Mann in Uniform, gutausse-
hend. Nein, keinen einfachen Soldaten, einen Offizier! Er
heißt Fritz, Friedrich Christ. Er hat Urlaub und ist auf dem
Weg zu seinen Eltern in der Nähe von München. Die Zug-
fahrt ist lang, wir kommen ins Gespräch, wir flirten, wir verabreden uns für die Rückfahrt. Zusammen verbringen wir
eine Nacht irgendwo an der Strecke in einem Landgasthaus.

Das mit der gemeinsamen Nacht kann ich vor meiner Familie verheimlichen, aber von der Bekanntschaft erzähle ich.
Für meine Eltern ist das ohne besondere Bedeutung. Auf
den richtigen Schwiegersohn warten sie allerdings schon
länger. Ich bin ja bereits 26 und soll den väterlichen Betrieb
übernehmen. Dazu braucht es einen tüchtigen Mann vom
Fach und möglichst einen aus der Gegend. Keinen Bayern

und schon gar keinen Berufsmilitär. Dass der katholisch ist, wäre noch das geringste Übel. Unsere Familie ist zwar evangelisch, aber mit der Kirche haben wir nicht viel zu tun. Religiös ist unsere Familie nicht.

Allerdings mache ich mir doch Hoffnungen. Ich bin verliebt in Fritz und würde gerne heiraten. Es wird ja auch Zeit. Einen ernsthaften Anwärter hatte ich bislang nicht. Die eine oder andere flüchtige Bekanntschaft war meinen Eltern ohnehin nicht recht, zu einfach, zu arm, nicht das richtige Elternhaus, nicht der richtige Beruf. Von Fritz höre ich nach der kurzen Begegnung im Sommer nichts mehr, er ist wieder an der Front.

Dann bin ich schwanger. Ich freue mich nicht. Ich bin zutiefst erschrocken und wie gelähmt. Das Kind will ich jedenfalls nicht und ich vermute, dass Fritz es auch nicht will. Zunächst traue ich mich nicht, meinen Eltern etwas zu sagen.

Zu etwas anderem als zu einer Beichte, zu einem klaren Entschluss und zu einer eigenständigen Handlung, ist Helene nicht fähig, generell nicht und in ihrer jetzigen Situation schon gar nicht. Schon immer war sie folgsam.

Irgendwann muss ich es schließlich gestehen. Die Eltern freuen sich natürlich auch nicht, aber zum Glück machen sie kein großes Drama aus der Sache. Mein Vater reagiert kalt und abweisend, fast wortlos. Von der Schwangerschaft darf niemand am Ort wissen. Das verdirbt meine zukünftigen Heiratschancen und überhaupt den Ruf der ganzen Familie. Ich muss fort aus Eidinghausen und, wie immer, ich füge mich. So wird es wohl am besten sein, das denke ich selbst auch, zumindest zunächst. Wir finden einen guten Vorwand: Als Kind hatte ich eine leichte Tuberkulose und nun sagen wir eben, die Krankheit sei wiedergekommen. Also werde ich zur Kur in den Schwarzwald geschickt, weit weg und für länger. Schließlich weiß ja jeder, dass Tuberkulose langwierig verläuft. Fritz ist inzwischen informiert. Er ist weiterhin an der Front.

Bis alles geregelt ist, dauert es eine Weile. Ich zeige mich kaum noch im Dorf. Zum 1. Januar 1944 werde ich in Eidinghausen ab- und in Höchenschwand im Schwarzwald wieder angemeldet. Da ist die Schwangerschaft schon im sechsten Monat. Ich trage für die Reise einen auffällig voluminösen Pelzmantel. Später sagt man im Dorf, die Spatzen hätten sowieso schon von den Dächern gepfiffen, dass ich mit einem Offizier gegangen bin und dass der mich hat sitzen lassen. Und dass ich schwanger bin. Sogar in Bad Oeynhausen und in Minden ist es in den Geschäften herumerzählt worden. Aber zunächst einmal setzen alle eine unwissende Miene auf und tun so, als ob sie die Geschichte von der Tuberkulose glaubten. Letztlich hätte ich dann doch lieber zu Hause entbinden wollen, es wussten ja ohnehin alle Bescheid. Aber mein Vater bleibt hart.

Dann passiert etwas, was nicht vorgesehen war, ein Regiefehler sozusagen. Die Leitung des Kurheims Höhensonne im Schwarzwald fordert meinen Vater auf, mich abzuholen. Ich bin nun im neunten Monat. Entbinden könne ich dort nicht. Also komme ich für kurz, nur für eine Nacht, nach Eidinghausen zurück. Lange genug, um von allen gesehen worden zu sein, mit dem voluminösen Pelzmantel an einem sonnigen Frühlingstag Ende März 1944.

Ich reise sofort wieder ab, nach Wernigerode am Harz. Dort begebe ich mich in das Haus „Harz". Das ist ein Entbindungsheim, aber kein beliebiges, sondern eine Einrichtung der SS, ein Lebensbornheim. Hier ist eine diskrete, nahezu anonyme Entbindung möglich. Es werden keinerlei Informationen an die Ämter am Heimatort der Mütter weitergegeben. Offiziell bin ich aus Höchenschwand im Schwarzwald zugezogen, mein Heimatort Eidinghausen taucht in den offiziellen Akten überhaupt nicht auf. Angaben zum Vater des Kindes sind ebenfalls geheim und werden nur an die Lebensborn-Zentrale in München weitergegeben. Das Kind kann nach der Geburt gleich dort im Heim bleiben, erst mal oder auch für immer, jedenfalls bis zum Kriegsende.

Nicht jede Frau findet Aufnahme in einem Lebensbornheim. Man muss schon arisch sein und der Vater des Kindes natürlich auch. Bei einem SS-Mann wie Fritz ist das kein Problem. Der musste schon für die Offizierslaufbahn seine reinrassige Abstammung bis 1750 nachweisen. Für die Mütter gelten im Prinzip ähnlich strenge Auswahlkriterien, allerdings werden diese lockerer gehandhabt, je weiter der Krieg fortschreitet. Es gelingt meinem Vater, die nötigen Abstammungspapiere für mich in kurzer Zeit zu besorgen.

SS-Entbindungsheime gibt es in verschiedenen Gegenden Deutschlands, auch im Schwarzwald, wo ich ja ohnehin schon war. Wieso dann die Wahl auf Wernigerode fiel, weiß ich nicht. Mein Vater Hermann Bartels stammt aus dem Harzvorland und wir haben noch Verwandtschaft dort. Vielleicht hat diese räumliche Vertrautheit seinen Entschluss beeinflusst.

Wieweit Friedrich Christ, der Vater meines ungeborenen Kindes, bei der Entscheidung für den Lebensborn eine Rolle spielt, weiß ich auch nicht.

Nach dem Willen der NS-Führung wurde in allen Frauenarzt- und Hebammenpraxen aktiv für die Entbindung beim Lebensborn e.V. geworben, insbesondere bei ledigen Müttern wie Helene. Die persönliche Mitwirkung des Kindsvaters oder eines SS-Angehörigen war also keineswegs notwendig, wenn eine Schwangere dort aufgenommen werden wollte.

Ich bin erleichtert, als ich im Heim ankomme. Jetzt ist alles geregelt, ich brauche mich um nichts mehr zu kümmern. Allerdings muss ich mich auch hier fügen, jetzt nicht mehr dem Vater, sondern den Heimvorschriften. Mich nach einer Autorität zu richten, fällt mir nicht schwer, das bin ich gewohnt. Das Heim ist schön gelegen und gut ausgestattet, das Personal ist freundlich. Wir Schwangere werden nur mit dem Vornamen und mit „Frau" angeredet, ob verheiratet oder nicht, spielt keine Rolle. Das braucht ja auch niemand zu wissen.

Der Tagesablauf ist geregelt, wir werdende Mütter müssen bei der Hausarbeit und in der Küche mithelfen, aber nur in Maßen. Ruhepausen sind vorgeschrieben. Auch unsere Freizeit ist organisiert, mit Singstunden oder Vorträgen zum Beispiel. Wir werden in Säuglingspflege und Kindererziehung unterrichtet, alles mit starker Betonung von weltanschaulichen Themen wie Rasse und Sippengemeinschaft. Schließlich werden wir Mütter und insbesondere unsere Kinder ja als Teil der zukünftigen Elite des Tausendjährigen Reichs verstanden. Härte und Abhärtung spielen bei der Erziehung eine große Rolle. Bloß nicht die Kinder schon als Säuglinge verweichlichen, heißt die Devise.

Ich werde vierzehn Tage nach meiner Ankunft im Heim von einem kräftigen, gesunden Jungen entbunden. Die Geburt verläuft ohne Schwierigkeiten. Stillen ist Pflicht, aber sonst haben wir Mütter kaum Kontakt zu unseren neugeborenen Kindern, wir sehen sie fast nur beim Stillen. Wir dürfen nicht in die Säuglingszimmer und es ist streng verboten, die Kinder in die Mütterzimmer mitzunehmen. Abhärtung eben schon von Geburt an, so ist das gewollt. Außerdem bestehe Infektionsgefahr für die Kinder, wird uns erklärt.

Mein Sohn bekommt den Namen Hans-Jürgen. Dieser Name steht eigentlich nicht auf der Liste der im Lebensborn erwünschten und erlaubten Vornamen, die mir ausgehändigt wurde. Demnach sollen Doppelnamen vermieden werden, Namen mit christlichem Ursprung ebenfalls. Alttestamentarische Namen sind absolut verpönt. Aber wahrscheinlich hat niemand auf strenge Durchsetzung dieser Regeln gepocht. Nicht alle vom Personal sind fanatische Anhänger der NS-Ideologie und manche Vorschrift wird im Stillen belächelt.

Es mag auch sein, dass niemandem bewusst war, dass in „Hans-Jürgen" die Namen Johannes und Georg stecken, die beide einen starken christlichen Bezug haben. Einen SS-Paten brauchte jedes Kind nach den Regeln des Lebensborns auch. Der konnte, wenn die Mutter keine eigenen Vorschläge machte, von der Heimleitung bestimmt werden und war häufig nicht einmal mit der Mutter bekannt. Oft wurde selbst von den Paten dieses Amt nicht wirklich ernst genommen.

Wie viele unverheiratete Frauen bin ich in einer Zwangslage. Die gewünschte Verheimlichung der Mutterschaft bietet mir nur die SS. Als Preis dafür muss ich mich deren Regeln fügen. Ich lasse alles über mich ergehen, ich bin gefügig. Auch an der Namensgebungszeremonie, einer Art Taufritual zur Aufnahme in die „SS-Sippengemeinschaft", nehme ich mit meinem Kind teil. Das wird von der Heimleitung so gewünscht, das ist die Regel. Bloß nicht widersprechen, heißt die Devise.

Kirchlich getauft wurde Hans-Jürgen übrigens erst mit vierzehn Jahren, eine Woche vor seiner Konfirmation, diskret im Pfarrhaus in Eidinghausen. Es sollte niemand wissen, dass er als Säugling nicht getauft worden war und warum nicht. Da hätten ja unangenehme Fragen gestellt werden oder alte Gerüchte wieder auftauchten können. Einer seiner Taufpaten war ein Cousin seiner Mutter, der im Krieg der SS angehört hatte. War er vielleicht schon sein Pate bei der Namensgebungszeremonie 1944 im Lebensbornheim gewesen?

Gut zwei Monate nach der Entbindung kehre ich zu meinen Eltern nach Eidinghausen zurück. Das Kind lasse ich im Entbindungsheim. Das war bei ledigen Müttern nicht unüblich. Es gab viele Frauen, die ihr Kind erst später abholten, manche mussten sich zuerst Unterkunft und Arbeit besorgen. Offiziell auf dem Amt in Eidinghausen melde ich mich zurück aus Höchenschwand im Schwarzwald, ich war ja dort zur Kur.

Gerüchte verbreiteten sich natürlich trotzdem oder gerade deshalb. Lenchen galt bei manchen als „stolz", aber das sprach man allenfalls hinter vorgehaltener Hand aus. Geredet wurde im Ort vor allem darüber, dass sie doch tatsächlich ohne ihr Kind wiedergekommen wäre. Bei vielen stieß gerade das auf weniger Verständnis als eine Rückkehr mit Kind es getan hätte.

Zur NS-Ideologie passte die Heimerziehung von Säuglingen und Kleinkindern im Grunde nicht. Die Kinder sollten als zukünftige Elite in linientreuen deutschen Familien aufwachsen; wenn nicht in der eigenen, dann in einer Adoptivfamilie. Hauptsache, sie bekämen von Anfang an die „richtige" Erziehung. Außerdem waren die Entbindungsheime nicht für ältere Säuglinge eingerichtet. Ab etwa dem sechsten Lebensmonat wurden die verbliebenen Kleinkinder in ein anderes Heim verlegt. In der Regel wurden die Mütter vorher noch einmal gefragt, ob sie ihr Kind nicht abholen wollten oder andernfalls zur Adoption freigeben. Offensichtlich wollte Lenchen das aber nicht, und, was entscheidender gewesen sein dürfte, ihre Eltern wollten das wohl auch nicht. Hans-Jürgen kam also in das SS-Kinderheim Sonnenwiese in Kohren-Sahlis in Sachsen. Besuch von seiner Mutter bekam er nicht. Vom Vater schon gar nicht.

Inzwischen ging der Krieg weiter. Es sah zunehmend schlechter aus für Deutschland. Die Fronten wichen in den besetzten Ländern im Osten wie im Westen schrittweise zurück in Richtung auf die deutschen Vorkriegsgrenzen. Die SS-Heime in den besetzten Ländern mussten schrittweise aufgegeben werden. Die dortigen Kinder wurden in SS-Heime in Deutschland verlegt. Dies betraf nicht nur die im Heim geborenen, sondern auch schon etwas ältere, zwecks „Eindeutschung" geraubte Kinder. Die Aufnahmekapazitäten reichten kaum noch aus. Die Versorgungssituation nicht nur der Bevölkerung und der Truppen, sondern genauso der Heime, wurde schlechter, ebenso die Personalsituation. So verbrachte Jürgen sein ganzes erstes, seine gesamte seelische Entwicklung prägendes Lebensjahr in überfüllten, notdürftig aufrecht erhaltenen, aber immer noch von der NS-Ideologie durchtränkten Heimen. Weder dem natürlichen Bewegungsdrang eines gesunden Kleinkindes noch seiner Neugier und seinem Erkundungsdrang konnte dort ausreichend Rechnung getragen werden. Unerfüllt blieb auch der angeborene Wunsch nach einem Gegenüber, einem menschlichen Spiegel.

Als die Kriegsfront die deutsche Grenze im Osten erreichte und auf Berlin vorrückte, appellierten die Leitungen der dort gelegenen SS-Heime an alle Mütter, ihre Kinder abzuholen. Jürgen wurde nicht abgeholt. Die Situation verschlechterte sich zusehends. Schließlich ordnete die Lebensborn-Zentrale in Bayern an, das Heim Kohren-Sahlis zu evakuieren. Vor der heranrückenden russischen Front flohen die leitenden Angestellten als erste.

Die restlichen Kinder und die verbliebenen überwiegend ganz jungen Pflegerinnen wurden bei Regen und Kälte auf Lastwagen und Leiterwagen verladen und auf den Weg geschickt. Sie sollten in das bereits völlig überfüllte Lebensborn-Heim Steinhöring in Bayern gebracht werden. Im allgemeinen Chaos der Flüchtlingstrecks und der zunehmend unkoordinierten Truppenbewegungen kamen sie auf den verstopften Straßen nicht weit, zumal Treibstoff und Nahrung fehlten. Sie strandeten nach Tagen der Irrfahrt in einem kleinen Dorf nicht weit vom Abfahrtsort entfernt. Ein mutiger Ortsbürgermeister beschloss, den trostlosen und erschöpften Treck aus fast noch kindlichen Pflegerinnen und Kleinkindern nach Kohren-Sahlis zurückzuschicken. Hier erlebten die Übriggebliebenen, verängstigt im Keller des Heims versteckt, Anfang April 1945 die Einnahme der Stadt durch amerikanische Truppen und das Ende der Kämpfe.

Die Besatzungsmacht verfügte wenige Tage später, am 14.
April 1945, die Auflösung des SS-Heims Sonnenwiese. Sie for-
derte die Bürgermeister der umliegenden Gemeinden auf, für die
Unterbringung der Kinder in Pflegefamilien Sorge zu tragen. Die
Bevölkerung zeigte große Hilfsbereitschaft. Die wenigen übrigge-
bliebenen Kinder fanden Aufnahme in einem normalen Kinder-
heim. Die Pflegerinnen bekamen einen Passierschein und eine
Zugfahrkarte zu ihren Familien.

Das alles wusste Lenchen nicht. Sie hatte sich nicht mehr
um ihr Kind gekümmert. Vielleicht glaubte und hoffte sie, mit dem
Untergang NS-Deutschlands dieses Kapitel ihres Lebens endgül-
tig vergessen zu können.

Drei Jahre sind vergangen, seit ich, vorgeblich von meiner Tuberkulose genesen, nach sechsmonatiger Abwesenheit
nach Hause zurückgekehrt bin. Im ersten Jahr ist noch Krieg,
dann kapituliert Deutschland, und Bad Oeynhausen wird
von den Engländern besetzt. Die Innenstadt wird für die britische Militärverwaltung komplett geräumt und für Zivilper-
sonen gesperrt. Die umliegenden Gemeinden wie Eidinghausen müssen die aus der Stadt Vertriebenen aufnehmen. Es
wird eng bei uns zu Hause durch die Einquartierungen. Man
rückt zusammen, Ich schlafe im Wohnzimmer auf dem Sofa.
Mein älterer Bruder Fritz hat inzwischen geheiratet, meine
Schwägerin zieht zu uns und bekommt Anfang 1945 einen

Sohn. Zunächst, bis Sommer 1945, ist Fritz noch in amerikanischer Internierung in Remagen, und unser jüngerer Bruder Hermann ist in russischer Kriegsgefangenschaft.

Zum Glück kann unser Vater seinen Tischlereibetrieb schnell wieder in Gang bringen. Ich lebe weiter im elterlichen Haushalt und helfe überall mit, in der Küche, im Garten und auch in der Werkstatt. Ein eigenes Einkommen habe ich nach wie vor nicht und versichert bin ich auch nicht. Das Leben geht weiter wie zuvor. Niemand spricht von meinem Kind, jedenfalls nicht laut. Von Friedrich Christ, dem Vater meines Kindes, auch nicht. Der ist ebenfalls bei den Amerikanern interniert, heißt es.

Im Sommer 1947 geschieht etwas völlig Unerwartetes. Ich komme vom Einkaufen nach Hause. Vater ruft mich ins Wohnzimmer. Eigentlich merkwürdig, denn dieses Zimmer wird normalerweise an einem Wochentag nicht benutzt. Ich habe keine Zeit mich zu wundern. Im Wohnzimmer sehe ich zunächst einen jungen Mann, den ich nicht kenne. Vater steht gebieterisch in einiger Entfernung dem Mann gegenüber hinter dem mächtigen Esstisch. Mutter ist auch da, nahe der Seitentür an die Wand gedrückt. Und erst in dem Augenblick, in dem Vater anfängt zu sprechen, sehe ich das Kind. Es steht verloren, von beiden gleich weit entfernt, zwischen meinem Vater und dem fremden Mann. Ich begreife, versuche zu begreifen, verlasse von Panik ergriffen den Raum. Was Vater sagt, höre ich nicht mehr.

Meine Mutter Minna Bartels findet sich schnell mit der neuen Situation ab. Zwar war sie an der Entscheidung ihres Mannes, das Enkelkind ins Haus zu holen, nicht beteiligt, aber sie billigt seinen Entschluss. Andere sehen das nicht so. Meine Schwägerin, die mit Mann und Sohn wegen der allgemeinen Wohnungsnot ja immer noch bei uns lebt, meint noch Jahre später: „Was für ein Quatsch, den Jungen hierher zu holen. Der hätte es bei den Rothenbergers in Sachsen bestimmt mindestens genauso gut gehabt!". Meine Mutter sieht das pragmatischer. Das Kind ist nun da, sie kümmert sich und sie gewinnt es lieb.

Jürgen bekommt seinen Platz im Schlafzimmer der Großeltern. Ich schlafe wegen der Einquartierungen noch im Wohnzimmer. Außerdem fremdele ich noch mit dem Kind und mit der Situation. Im Grunde bin ich erleichtert, dass Jürgen sich mehr zu meinen Eltern hin orientiert. Ich selbst habe eher die Rolle einer großen Schwester. Ohnehin ist mein Vater Hermann Bartels ja nach damaligen Recht Jürgens Vormund.

Das Leben geht weiter wie vorher, nur jetzt mit Kind. Das passt sich schnell an. Es versucht, lieb zu sein, nicht weggeschickt zu werden. Es läuft im Haushalt einfach so mit. Statt vorher sechs oder sieben Personen, sind wir jetzt eben einer mehr. Tagsüber sind auch noch die Gesellen und Lehrlinge da.

Später arbeite ich in einem großen Industriebetrieb im Büro. Aber nicht für lange. Ich werde immer noch in der Tischlerei und im Haushalt gebraucht. Manchmal besuche ich meinen Bruder Hermann und dessen Familie in Crailsheim. Jürgen nehme ich mit. Dort gibt es Vettern und Cousinen im passenden Alter und die Kinder haben viel Auslauf hinter der Mühle und im Steinbruch. Aber sonst bietet das Leben wenig Abwechslung. Eine richtige Freundin habe ich nicht und einen Freund, einen ernsthaften Bewerber, auch nicht. Dabei bin ich lebenslustig, hübsch und gepflegt. Alle mögen mich gern. Manche meinen, ich trauere dem Vater meines Kindes, Friedrich Christ, immer noch nach. Ich erwidere dann, mit dem wolle ich definitiv nichts mehr zu tun haben. Aber ehrlich gesagt, ich mache mir doch noch Hoffnungen.

Fritz sitzt jetzt in einem amerikanischen Militärgefängnis und ist wegen Kriegsverbrechen zum Tode verurteilt. Briefkontakt zwischen uns besteht nicht. Gelegentlich habe ich schriftlichen Kontakt zu seiner Mutter. So weiß ich auch, dass er 1949 zu Lebenslänglich begnadigt wird. Von da an zahlt er sogar Unterhalt, er darf nun im Gefängnis arbeiten und bekommt dafür ein bescheidenes Entgelt. Er hofft auf eine vorzeitige Entlassung.

Auch auf väterlicher Seite war es die bereits verwitwete Großmutter, Christs Mutter Theresia, die sich kümmerte. Sie hatte ihren Enkel über das Rote Kreuz suchen lassen, aber da war Hans-Jürgen schon bei den mütterlichen Großeltern. Zu ihnen stellte sie eine Verbindung her und sie nahm auch schriftlichen Kontakt auf zu Hans-Jürgens früheren Pflegeeltern Rothenberger in Sachsen. Sie schickte ihnen voller Dankbarkeit regelmäßig Pakete mit Dingen, die es im Westen Deutschlands schon gab, die aber in der DDR noch rar waren. Diese aufmerksame Geste behielt sie bis fast zu ihrem Tod in den 1970er Jahren bei. Sie war es auch, die 1948 bei der Verwaltung des Militärgefängnisses den Antrag auf regelmäßige Geldüberweisungen zugunsten des außerehelichen Kindes ihres Sohnes gestellt hatte.

Frau Christ, also Friedrichs Mutter, schreibt mir mehrmals und lädt mich ein zu sich nach Freising, zusammen mit Hans-Jürgen, ihrem Enkel. Mein Vater ist zwar noch immer strikt gegen eine mögliche Verbindung mit dem Erzeuger meines Kindes, aber die Reise zur Großmutter nach Freising erlaubt er. Friedrich sitzt ja ohnehin lebenslänglich im Gefängnis, da ist von ihm nichts mehr zu befürchten.

Ich fahre also mit Jürgen nach Bayern zu Großmutter Theresia. Wir beide sind dort gut gelitten. Jürgen ist jetzt vier oder fünf Jahre alt. Er ist zutraulich, freundlich und lebhaft, manchmal etwas zu ungebärdig. Gelegentlich kann er sehr wütend werden, aber das vergeht schnell wieder. Auch dort in Freising gibt es eine große Familie und Spielkameraden im passenden Alter. Dort lebt außer der Großmutter auch ihre Tochter, Jürgens Tante Liesl, mit ihrem Mann und ihren beiden Kindern.

So entstand eine verwandtschaftliche Beziehung zwischen Hans-Jürgen und der Familie seines ihm immer noch unbekannten Vaters, die lebenslang auch ohne dessen Zutun bestehen blieb. Eine beständige Verbindung zwischen Lenchen Bartels und Familie Christ kam allerdings nicht zustande. Nach zwei Reisen dorthin wiederholten sich ihre Besuche in Freising nicht mehr. Auch zu Friedrich Christ im Gefängnis bestand kein Kontakt. Die Registratur der Militärbehörde vermerkte während seiner zehnjährigen Haftzeit einen einzigen Brief aus dem Gefängnis von ihm an sie. Eine Antwort war nicht verzeichnet.

Ich werde wieder krank. Ich magere ab, sehe blass und leidend aus. Nein, diesmal ist es nicht die Tuberkulose, es ist eine Magenkrankheit. Zunächst wurde eine Schleimhautentzündung festgestellt, dann ein Magengeschwür.

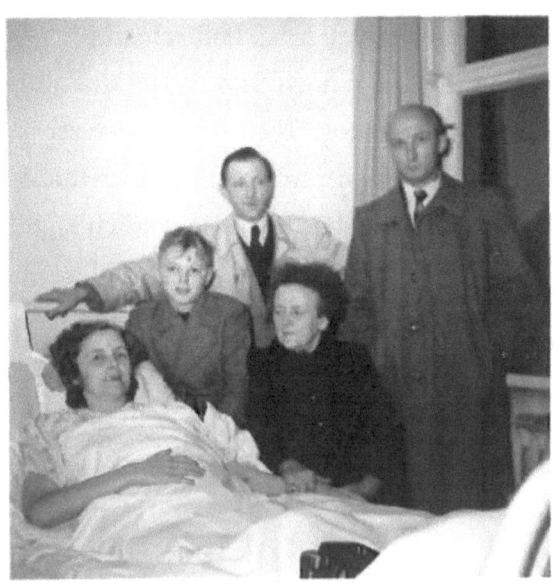

Dachte jemand nach über mögliche seelische Ursachen von Magenleiden? Hatte Lenchen einen verborgenen Kummer? Machte sie den Eltern heimliche Vorwürfe, obwohl sie ihnen doch dankbar hätte sein sollen? Haderte sie noch immer mit Friedrich Christ? Dem brauchte sie jedenfalls nicht dankbar zu sein. Wovon wurde ihr Inneres zerfressen? War es Sehnsucht, Reue, Wut, waren es Gewissensbisse? Hatte sie sich etwas vorzuwerfen? Ging es dem Jungen nicht gut? Hätte sie eine andere Wahl gehabt? Gesprochen wurde über das alles nicht.

Die Krankheit zieht sich hin. Unglücklicherweise bin ich nicht krankenversichert. Die auflaufenden Kosten vermehrten die Sorgen zusätzlich. Mein Vater muss alles aus eigener Tasche bezahlen. Schließlich wird Magenkrebs festgestellt. Das ist 1953, Ich bin 36 Jahre alt und Jürgen geht in die dritte Volksschulklasse. Eine große Operation ist zunächst erfolgreich, zumindest sieht es so aus. Aber der Schein trügt. Schon nach wenigen Monaten stellt sich heraus: Der Krebs ist unbesiegt und wächst weiter.

Lenchen konnte nicht mehr mitarbeiten, sie verbrachte Monate zu Hause auf dem Sofa und immer wieder Wochen und sogar Monate im Krankenhaus. Man versuchte, das alles möglichst von dem Kind fernzuhalten, man hielt das für richtig. Auch Friedrich Christ wurde nicht informiert, wozu auch. Lenchen Bartels starb am Karfreitag 1955 im Krankenhaus, zwei Tage vor Jürgens elftem Geburtstag.

Der Junge ist ja bei meinen Eltern gut aufgehoben. Er wird seinen Weg schon gehen.

Friedrich Christ, undatiert, ca. 1995

3. Ohnehin hatte ich keinen Einfluss

Oder: Ein abwesender Vater, ein fremdes Kind

Es ist Sommer 1943. Ich bin mit dem Zug auf dem Weg vom Truppenübungsplatz Wildflecken in der Hohen Rhön nach Freising in Oberbayern. Dort bin ich aufgewachsen und dort wohnen meine Eltern und meine Schwester. Ich habe Urlaub und will meine Familie besuchen, bevor ich wieder an die Front muss.

Ich bin dreiundzwanzig Jahre alt und Berufssoldat. Genauer gesagt, Berufsoffizier. Darauf bin ich stolz: Untersturmführer, demnächst Obersturmführer Friedrich Christ, Panzerführer und Kompanieführer in der SS-Division „Leibstandarte Adolf Hitler".

Seit vier Jahren bin ich nun schon im Krieg, immer in der vordersten Reihe, mit Ausnahme der Schulungszeiten. Und mit Ausnahme der Lazarett- und Genesungszeiten. Schon vor dem Krieg schließe ich mich der SS an, also der Schutzstaffel, freiwillig. Mit achtzehn werde ich in die sogenannte Verfügungstruppe VT aufgenommen. Zunächst bin ich noch Wehrpflichtiger. Dann, für die Offiziersausbildung, verpflichte ich mich auf Lebenszeit.

Eigentlich hat der Krieg für mich sogar schon vor seinem offiziellen Beginn im September 1939 angefangen: Die

Angliederung des Sudetenlandes Anfang Oktober 1938 mache ich auch schon mit, als Freiwilliger im SS-Sturm Freising. An der Front bin ich von Kriegsbeginn an, zuerst in Polen, danach in Holland, Belgien und Frankreich und zuletzt dann an der Ostfront. Verwundet werde ich öfter, aber jedes Mal habe ich Glück: Meine Verwendungsfähigkeit für den Frontdienst bleibt erhalten und ich kann meinen Beruf als aktiver Offizier der Waffen-SS weiter ausüben.

Auch jetzt, auf der Bahnfahrt von Wildflecken nach Freising, bin ich noch in Genesungsurlaub nach einer Schussverletzung beider Oberschenkel. Meinen neuen Marschbefehl habe ich schon in der Tasche. Nach dem Urlaub werde ich an die Ostfront zurückkehren. Dort kämpft meine Einheit gerade am mittleren Frontabschnitt bei Kursk. Erstmals – ich komme nicht umhin, mir das einzugestehen – stehen wir auf nahezu verlorenem Posten. Das Kriegsglück hat schon begonnen sich zu wenden. Laut sagen darf man das natürlich nicht.

Im Zug treffe ich ein Mädchen, es gefällt mir auf Anhieb. Eigentlich ist sie schon eine junge Frau. Aber sie sieht mädchenhaft aus und ist sehr hübsch, sie wirkt lebenslustig und charmant. Sie ist allein unterwegs. Wir kommen ins Gespräch. Ihr Zuhause ist in Ostwestfalen und jetzt fährt sie zu ihrem Bruder Hermann, der seit kurzem in der Nähe von Crailsheim im Hohenlohischen verheiratet ist. Er hat auch gerade Urlaub von der Front. Sie heißt Lenchen, eigentlich Helene, aber so sagt niemand zu ihr. Wir kommen also ins Gespräch, wir flirten, wir verabreden uns für die Rückfahrt, treffen uns wieder und verbringen eine gemeinsame Nacht in einem Landgasthaus in Oberfranken. Dann fahre ich wieder an die Front.

Fritz ist ein Typ, den Frauen und Mädchen mögen, groß, gutaus-
sehend, in schicker Uniform. Und zudem ist er nicht nur einfacher
Soldat, sondern Offizier. In seinen kurzen Fronturlauben findet er
ein nettes Mädchen überall.

Lenchen wurde schwanger, aber das erfahre ich erst
viel später. Ich bin nicht begeistert, das hätte nicht sein sollen. Aber schließlich ist es ihre Sache. Sie hofft bestimmt,
dass ich sie heirate, aber daran ist natürlich nicht zu denken.

Ich will nicht heiraten, grundsätzlich nicht, und jetzt, wo der Krieg verlustreicher wird und es finsterer aussieht für Deutschland, schon gar nicht. Für mich wäre sie auch nicht die Richtige, eine Tischlermeisterstocher aus Ostwestfalen, die den väterlichen Betrieb später übernehmen soll. Dafür braucht ihr Vater Hermann Bartels den passenden Schwiegersohn. Seine beiden Söhne haben sich beruflich anders orientiert, derzeit sind beide im Krieg. Gegen das Militär oder zumindest gegen die SS ist ihr Vater auch. Und außerdem ist Lenchen älter als ich, sie ist schon sechsundzwanzig.

Natürlich will ich das Kind anerkennen, keine Frage. Freiwillig, das gebietet meine Ehre als SS-Offizier. Natürlich werde ich Unterhalt zahlen, meinen Pflichten komme ich nach. Im Übrigen habe ich nicht viel Zeit, mich um persönliche Angelegenheiten zu kümmern.

Der Fronteinsatz wird härter, meine Einheit wird von Russland nach Italien und dann nach Frankreich verlegt. Ich werde erneut mehrmals verwundet und liege in verschiedenen Lazaretten. Im Frühjahr 1944 verbringe ich nach einem Kniedurchschuss einige Zeit im Reservelazarett in Wernigerode am Harz. Hier sehe ich Lenchen wieder, nur ganz kurz. Geplant war das nicht. Immer noch macht sie sich Hoffnungen, dass ich sie heirate. Sie befindet sich hochschwanger im Lebensbornheim „Harz", einem SS-Entbindungsheim. Sie wartet dort auf die Niederkunft. Am Wohnort soll die Schwangerschaft geheim gehalten werden, die

SS ermöglicht das. Offiziell ist sie zur Kur im Schwarzwald, zumindest sollen das die Leute bei ihr im Dorf glauben.

Ich habe Lenchen dort in Wernigerode nicht erwartet. Sie sieht mich mit einer anderen Frau in einem Café. Seitdem will sie nichts mehr von mir wissen. Endgültig.

Das Kind wird im April 1944 geboren. Ich gehe im Mai in München zum Notar und erkenne die Vaterschaft an. Mehr kann ich nicht tun. Nach damaligem Recht bin ich ja noch nicht einmal mit dem Kind verwandt, erziehungsberechtigt schon gar nicht.

Ich muss sofort wieder an die Front, diesmal in die Normandie. Dort geht es darum, die Invasion der Alliierten abzuwehren. Meine Einheit erleidet schwere Verluste. Später, im Winter 1944/45, nehme ich an der Ardennenoffensive teil, die in einer militärischen Katastrophe für uns endet. In letzter Minute kann ich mich mit einigen anderen Kameraden retten. Dann werde ich in die Stabseinheit versetzt und nehme an den Endkämpfen in Ungarn teil. Wir kämpfen tapfer bis zum Kriegsende. Einen Tag nach der bedingungslosen Kapitulation Hitler-Deutschlands begebe ich mich in Niederösterreich mit den Resten meiner Truppe in amerikanische Kriegsgefangenschaft.

Hier erweist sich meine Situation als ernster, als ich zunächst glauben wollte. Hatte ich anfangs noch angenommen, als Berufsoffizier einer Elitetruppe ein Mindestmaß an Respekt selbst beim Gegner zu genießen oder zumindest korrekt behandelt zu werden, muss ich bald feststellen, dass dies nicht der Fall ist, jedenfalls nicht so, wie ich mir das vorstelle. Zu meiner Überraschung erfahre ich, von den Amerikanern wegen eines angeblichen Kriegsverbrechens gesucht zu werden. Mir und zahlreichen anderen Männern meiner Einheit wird vorgeworfen, während der Ardennenoffensive amerikanische Kriegsgefangene und belgische Zivilisten ermordet zu haben oder zumindest als Vorgesetzter hierfür mitverantwortlich zu sein. Von derartigen Geschehnissen weiß ich nichts, ich habe davon überhaupt erst in der Untersuchungshaft erfahren. Natürlich bestreite ich alle Vorwürfe, so wie alle anderen Angeklagten auch.

Der Kriegsgefangenenstatus wird uns aberkannt, wir sind nun „mutmaßliche Kriegsverbrecher". Unsere berufliche, militärische und politische Heimat, die SS, wird vom internationalen Gerichtshof in Nürnberg zu einer „verbrecherischen Organisation" erklärt.

Auf einen kurzen Prozess folgt im Juli 1946 die rasche Verurteilung. Mein Urteil lautet auf Tod durch Erhängen. Danach kommt es zu einem langen juristischen und politischen
Tauziehen, bei welchem es um die rechtlichen Grundlagen,
um die Rechtmäßigkeit der Verhörmethoden und um die
Angemessenheit des Strafmaßes geht. Aber auch die sich
rasch verändernde politische Großwetterlage im aufkom-
menden Kalten Krieg spielt eine Rolle. Die Vollstreckung
meines Urteils wird immer wieder aufgeschoben.

Ich sitze also jahrelang in orangefarbener Häftlings-
kleidung in der Todeszelle im Kriegsverbrechergefängnis
Landsberg am Lech. Ich bin desillusioniert und verunsi-
chert, aber ich resigniere nicht völlig. Ich bin intensiv damit
beschäftigt, meinen Kopf aus der Schlinge zu ziehen. Ich
mache mich kundig, lese viel, beauftrage private Verteidi-
ger, schreibe Eingaben oder lasse sie schreiben. Ein Gnadengesuch zu stellen lehne ich ab. Ich will keine Gnade, sondern
Gerechtigkeit.

Ich halte Kontakte, soweit die Gefängnisordnung es
zulässt. Meine Mutter, meine Schwester und ihr Mann halten zu mir, mein Vater ist schon 1942 verstorben. Bis zur
Grenze des Erlaubten bekomme ich regelmäßigen Besuch
von Verwandten und nahen Bekannten. Eine der Besuche-
rinnen ist offiziell als meine Verlobte gelistet, ihre Mutter als
zukünftige Schwiegermutter. Nun ja, um ein richtiges Ver-
löbnis handelt es sich nicht, aber so werden die Besuchsbe-
schränkungen etwas lockerer gehandhabt. Lenchen besucht
mich nicht. Wieso auch, es besteht ohnehin kein Kontakt
mehr zu ihr oder fast keiner.

Und das Kind, mein Sohn? Ja, wo ist eigentlich das
Kind? Meine Mutter hat nach dem Zusammenbruch des
Dritten Reichs angefangen, das Kind zu suchen. Das ist ihr
ein persönliches Anliegen und sie hält es wohl auch für ihre
Christenpflicht. Nach der Geburt war das Kind ja zunächst
im Heim geblieben, vielleicht wollte Lenchen es später zu

sich holen, nach dem Krieg oder wenn sich ihre persönliche Situation geändert hätte, wer weiß. Sie lebte damals, als ich sie kennen gelernt hatte, ohne eigenes Einkommen im Haushalt ihrer Eltern. Sie half zwar im Geschäft mit, aber sie war völlig abhängig. In allen Angelegenheiten hat ihr Vater das Sagen. Ich kann mir gut vorstellen, dass der den unehelichen Sohn eines zum Tode verurteilten Kriegsverbrechers nicht bei sich im Haushalt haben und durchfüttern will.

Die SS-Heime gibt es schon seit Kriegsende nicht mehr, sie wurden von den Besatzungsmächten sofort aufgelöst. Aber wo sind die Kinder?

Meine Mutter findet schließlich heraus, dass mein Sohn Hans-Jürgen seit August 1947 in der Familie des mütterlichen Großvaters in Ostwestfalen, also bei Lenchen wohnt. Hermann Bartels muss wohl seine Meinung geändert haben. Über einen Suchdienst hat er den Jungen bei einem kinderlosen Ehepaar in der sowjetischen Besatzungszone in der Nähe von Leipzig ausfindig gemacht und von dort abholen lassen. Das Ehepaar hätte Hans-Jürgen gerne als Pflegekind behalten wollen oder ihn sogar adoptiert. Dafür fühlt sich meine Mutter diesen Leuten bis zu ihrem Tode verpflichtet. Sie schickt regelmäßig Geschenkpakete in die Ostzone. Sie knüpft auch Kontakt zu Lenchen und lädt diese mit dem Kind zu sich ein.

Tatsächlich fährt Lenchen Bartels mit ihrem Sohn nach Freising. Meine Schwester hat inzwischen zwei Kinder in passendem Alter. Man schickt Fotos von diesem Besuch zu mir ins Gefängnis, die Familie wirkt darauf fast unbeschwert. So sehe ich meinen Sohn zum ersten Mal, zumindest auf einem Bild. Vier oder fünf Jahre ist er alt, lebhaft, gesund, blond, ein wenig verschmitzt, so ein Kind könnte man mögen.

Diese und andere Bilder, versehen mit dem Stempel der Zensur des Militärgefängnisses, finden sich über 50 Jahre später nach Friedrich Christs Tod in seinem Besitz wieder. Ein einziges Bild ist dabei, welches das Kind im Kreise der mütterlichen Angehörigen zeigt, aber die Mutter selbst ist nicht darauf zu sehen.

Zu mehr, zu regelmäßigen und intensiveren Beziehungen zwischen beiden Familien, kommt es nicht, der Kontakt verebbt. Wahrscheinlich ist Großvater Bartels noch immer dagegen. Lenchen hat ohnehin keine eigene Meinung, und eigenes Geld hat sie auch nicht. Einfluss auf sie habe ich sowieso nicht und Recht auf das Kind schon gar nicht. Zusätzliche Probleme kann ich ohnehin nicht gebrauchen. Ich kämpfe noch immer gegen meine Verurteilung als Kriegsverbrecher und gegen meine Todesstrafe.

1949 wird mein Urteil nach mehreren juristischen Überprüfungen durch die amerikanische Militärgerichtsbarkeit und durch unabhängige Kommissionen in eine lebenslange Freiheitsstrafe umgewandelt. Die Haftbedingungen werden schrittweise gelockert. Ich kann nun an einem anstaltsinternen Ausbildungsangebot teilnehmen und mich zum Elektriker weiterbilden. Schließlich lege ich die Meisterprüfung vor einer externen Kommission ab.

Ich geriere mich als vorbildlicher Häftling und gewinne die Anerkennung der amerikanischen Gefängnisleitung. Nach Ausschöpfung aller juristischen Möglichkeiten bin ich schließlich bereit, ein Gnadengesuch zu stellen. Noch immer bin ich mir keiner schweren Schuld bewusst, aber ich nehme die Verurteilung als mein Schicksal an. Zumindest sage ich das so. Ich bin noch jung und inzwischen gut ausgebildet. Ich schaue nach vorne. Stufenweise wird meine Freiheitsstrafe verkürzt und endlich im Juli 1955 werde ich auf Bewährung aus dem Gefängnis entlassen, nach zehn Jahren.

Ich habe Arbeit und schon bald wieder eine neue Partnerin, diesmal fürs ganze Leben. Die vermeintliche Verlobte der Gefängniszeit war eines Tages von der Bildfläche verschwunden und Lenchen, die Mutter meines Sohnes, war im Frühjahr 1955 gestorben, also noch vor meiner Entlassung aus dem Gefängnis. Sie hatte wohl Krebs, aber das erfahre ich erst später. Ich bin über die Art ihrer Krankheit und deren Ernsthaftigkeit nicht informiert worden. Zwar hat mich Großvater Bartels im Frühjahr 1955 einmal angeschrieben wegen Versorgungsangelegenheiten seines Enkels, dies begründet er jedoch mit einem schweren Autounfall, den Lenchen angeblich gehabt hat. Ich antworte höflich, sachlich und ausführlich, nicht ohne beste Genesungswünsche für Lenchen und freundliche Worte über das gute Gedeihen meines Kindes. Wenige Wochen später erfahre ich von Lenchens Tod. Ich fühle mich getäuscht.

Es tut mir leid für meinen Sohn. Der ist inzwischen elf Jahre alt. Er lebt ja ohnehin im Haushalt der Großeltern Bartels und dort kann er bleiben. Ganz so schlimm ist es für den Jungen also nicht, dass seine Mutter nun tot ist. Kontakt zu mir besteht auch nach meiner Entlassung aus dem Gefängnis kaum. Natürlich bezahle ich weiterhin Unterhalt, das ist eine Frage der Ehre. Selbst von meinem mageren Lohn im Gefängnis habe ich monatlich fünfzig Mark als Unterhaltsbeitrag für Hans-Jürgen überwiesen.

Meine Mutter versucht auch nach Lenchens Tod weiter Kontakt zu ihrem Enkel zu halten und schreibt gelegentlich an ihn. Nach wie vor schickt sie Pakete in die Ostzone an die früheren Pflegeeltern. Aber sie wird älter, ihre Kräfte lassen nach. Ab und zu mahnt sie mich, ich solle mich mehr um meinen Sohn kümmern, aber damit hat sie keinen Erfolg. Bei diesem Thema beißt sie bei mir auf Granit. Ich will nichts davon hören und vor allem nichts dazu sagen.

Meine Lebenspartnerin ist Witwe eines SS-Offiziers mit drei Kindern. Sie stammt aus dem Rheinland und lebt in der Nähe von Köln. Ich finde eine interessante und gut bezahlte Arbeit in ihrer Gegend, aber noch jahrelang woh-

nen wir getrennt. Die beiden älteren Kinder haben noch Erinnerungen an ihren leiblichen Vater und wollen mich nicht
anerkennen. Ich meinerseits kann mich nicht in eine neue
Rolle einfinden. Das Leben in einer Familie bin ich nach
sechs Jahren Krieg und zehn Jahren Gefängnis nicht gewohnt. Meinen Sohn Hans-Jürgen besuche ich ein einziges
Mal bei seinen Großeltern in Eidinghausen in Ostwestfalen,
aus Anlass der Konfirmation. Wir bleiben uns fremd. Zu mir
eingeladen habe ich meinen Sohn damals nicht. Selbstverständlich zahle ich weiterhin zuverlässig Unterhalt.

So richtig glücklich bin ich nicht mit der weiteren Entwicklung meines Sohnes, nach dem Wenigen, was ich so erfahre. Aber schließlich geht mich das ja nicht viel an. Ändern kann ich ohnehin nichts. Der Junge ist zwar wissbegierig und lernt schnell, aber leider ist er ungebärdig und undiszipliniert. Die Schulleistungen werden schlechter. Großvater Bartels ist wohl nicht streng genug mit ihm oder schon zu alt. Hans-Jürgen bricht die Schule nach der Obersekunda ab. Er wird nicht versetzt. Dann hält er sich für kurze Zeit mit ein paar Aushilfstätigkeiten über Wasser und geht schließlich zur Bundeswehr. Er verpflichtet sich für vier Jahre. Die meiste Zeit verbringt er bei der Luftwaffe in Kaufbeuren in Oberbayern. Während dieser Zeit besucht er ab und zu meine Mutter und auch meine Schwester und deren Familie in Freising.

Seinen Vater in Köln besuchte Hans-Jürgen nicht. Allerdings wurde er auch nicht ausdrücklich eingeladen. Der Kontakt zwischen Vater und Sohn beschränkte sich lange Zeit auf konventionelle Weihnachtsgrüße und Geburtstagsglückwünsche.

Beim Militär kann sich Jürgen leider auch nicht richtig einfügen, von Disziplin kann wohl keine Rede sein, und so ist an eine militärische Karriere natürlich nicht zu denken. Dann will er Rechtspfleger werden, macht die angefangene Ausbildung aber nicht zu Ende, sondern fängt nach einem Jahr an, auf Lehramt zu studieren. Er heiratet früh und bekommt eine Tochter. Ein- oder zweimal habe ich die junge

Familie zusammen mit meiner Lebensgefährtin besucht. Die Frau ist in Ordnung, gegen die ist nichts einzuwenden. Sie ist Lehrerin. Das Kind, mein Enkelkind, wird ordentlich erzogen. Das Studium schließt Hans-Jürgen ab und er wird verbeamtet. Immerhin, wenigstens das.

Friedrich Christ wurde über achtzig Jahre alt und lebte bis zum Schluss mit seiner Partnerin zusammen. Er blieb ledig und ohne weitere Kinder. Nach wie vor war er verschlossen und abweisend. Das Verhältnis zu seinem Sohn und auch zu dessen Familie wurde gegen Ende seines Lebens etwas entkrampfter, wohl auch unter

dem normalisierenden Einfluss seiner Lebenspartnerin. Unbelastet und selbstverständlich wurde die Beziehung zwischen Vater und Sohn dennoch nie. Man blieb sich fremd.

Friedrich Christ starb 2002 an den Folgen einer Krebserkrankung. Seine Verurteilung als Kriegsverbrecher hat ihn niemals losgelassen. Er fühlte sich bis zum Schluss unschuldig, zumindest unschuldig im Sinne der Anklage. Ob er an andere Formen der Schuld geglaubt hat, moralisch oder metaphysisch, mag man bezweifeln. Sein Sohn starb gut zehn Jahre nach ihm an der gleichen Krebsart. Aus den Schatten der Kriegs- und Nachkriegszeit waren beide nie ganz herausgetreten, jeder auf seine Weise nicht.

Zur Entstehung dieses Buches

Eigentlich hatte ich dieses Buch anders schreiben wollen oder, anders gesagt, ich hätte ein anderes Buch schreiben wollen. Beabsichtigt war eine sachliche, faktentreue Dokumentation der frühen Lebensjahre meines verstorbenen Mannes Hans-Jürgen Bartels (1944 - 2015). Seine Geschichte ist außergewöhnlich und doch fast niemandem in seiner Familie und in seinem Freundeskreis bekannt. Sie sollte nicht vergessen werden. Es ist eine deutsche Kriegs- und Nachkriegsgeschichte.

Mein Mann selbst hat sich nur zögerlich an seine eigene Biografie herangetraut. Noch als Erwachsener wusste er wenig über sich. In seinen späteren Lebensjahren kam er nach einigen Recherchen an einen Punkt, an dem er nichts Weiteres mehr zu wissen wünschte. Ihm genügte, was er wusste oder zu wissen glaubte.

Das in der Vergangenheit Erlebte und das in der Gegenwart Erinnerte sind keineswegs identisch. Erinnerung ist nicht das Abrufen von gespeicherten Informationen. Sie ist das Ergebnis von Wahrnehmung, Verarbeitung, Verdrängung und Rekonstruktion. Letztere geschieht innerhalb eines bestimmten thematischen Feldes, und zwar desjenigen unter zahlreichen möglichen, welches für die Erzählerin oder den Erzähler vorrangig ist.

Diese Themenfelder sind nicht für alle drei Personen, die hier zu Wort kommen, die gleichen. Bei den beiden Erwachsenen geht es um Erklärungen und Entschuldigungen ihrer Taten und vor allem ihrer Unterlassungen, jeweils mit unterschiedlicher Akzentsetzung. Bei dem von diesen Erwachsenen abhängigen damaligen Kind steht das ängstliche Bestreben nach Beschwichtigung und Inschutznahme der Erwachsenen im Vordergrund. Aus diesen Unterschieden folgt, dass auch die rekonstruierte Erinnerung nicht bei allen Dreien die gleiche sein kann. Gesellschaftlicher Wertewandel und Änderung der persönlichen Meinung mögen die Erinnerungen ebenfalls geformt haben.

Jeder hat an dasselbe Geschehen seine eigene Erinnerung und findet darin seine eigene Wahrheit. Aus diesem Grund, im Streben nach einer möglichst unverfälschten Darstellung, hatte ich ursprünglich vor, bei meiner biografischen Schilderung so weit wie möglich auf historisch belegte Tatsachen zurückzugreifen.

Die Ereignisse, die ich so dokumentieren wollte, fanden statt zwischen den Jahren 1943 und Mitte der 1960er Jahre. Natürlich kann man sie nur verstehen, wenn man auch die Zeit davor und danach mit in den Blick nimmt.

In diesem Buch steckt mehr Recherchearbeit, als es scheinen mag. Ich begann mit der Biografie des Vaters von Hans-Jürgen Bartels, Friedrich Christ (1920 - 2002). Hier war die Quellenlage umfangreicher als zunächst geglaubt. Entstanden ist eine Publikation mit dem Titel „Krieg und Nachkrieg. Biographische Skizze eines SS-Offiziers", erschienen als zweite, erweiterte Auflage 2019. Diese Schrift mag mancher Leserin und manchem Leser bekannt sein.

In ähnlicher Weise hätte ich gerne den Lebenslauf von Helene (genannt Lenchen) Bartels (1917 - 1955), Hans-Jürgens Mutter, dokumentiert und auch die Kindheitsgeschichte von ihm selbst. Doch es erwies sich, im Rückblick vielleicht nicht überraschend, dass hier die Quellenlage außerordentlich dürftig ist.

Über das Kind Hans-Jürgen Bartels gibt es für die hier vorrangig interessierende Zeit an objektiven Quellen folgende: Einen Eintrag im Geburtenbuch des Standesamtes Wernigerode II vom 10. April 1944, eine Geburtsurkunde der Stadt Wernigerode am Harz von 1957, einen Eintrag auf einer Kinderliste des Heimes „Sonnenwiese" in Kohren-Sahlis/Sachsen von April 1945, eine Pockenimpfbescheinigung des Kreises Borna/Sachsen von August 1945, das Übergabeprotokoll einer privaten Detektei aus Rehme (heute Stadt Bad Oeynhausen) vom 5. August 1947 und eine Anmeldebestätigung der Gemeinde Eidinghausen (heute Bad Oeynhausen) vom 7. August 1947 („zugezogen aus Deutzen, Kreis Borna/Sachsen"). Das ist alles.

Über Helene Bartels gibt es Geburts- und Sterbedaten im Stadtarchiv Bad Oeynhausen, eine Abmeldebestätigung der Gemeinde Eidinghausen vom 1. Januar 1944 und eine Wiederanmeldebestätigung vom 16. Juni 1944 mit dem Zusatz: „Zugezogen aus Höchenschwand im Schwarzwald". Dort gibt es keine Meldedaten über sie, ebenso nicht in Wernigerode, wo sie nachweislich in einem Lebensbornheim entbunden hat. Der Verein Lebensborn e.V. hatte eine eigene Meldestelle und stellte bei Bedarf auch Deckadressen zur Verfügung.

Zu Helenes Vater Hermann Bartels Senior (1892 - 1972), also Hans-Jürgens Großvater, konnte ich keinerlei Spruchkammerakte ausfindig machen, welche Rückschlüsse über eine Entnazifizierung in der damaligen britischen Besatzungszone zuließen. Ich fand im Familienbesitz nach Hans-Jürgens Tod mehrere Fotos von seinem Großvater in Uniform mit Hakenkreuzemblem, die wohl 1933 aufgenommen worden sind und die Hans-Jürgen entweder versteckt oder selbst völlig vergessen hatte. Hermann Bartels galt in seiner Familie, zumindest bei seinem Enkel Hans-Jürgen, als vehementer Nazi-Gegner.

Ich habe nachgefragt bei Einwohnermeldeämtern, Stadt- und Kreisarchiven, Jugendämtern, Vormundschaftsgerichten, Amtsgerichten, Kirchengemeinden und Kirchenarchiven, historischen und Heimatvereinen aller Orte und Gegenden, in denen sich Helene Bartels und das Kind Hans-Jürgen Bartels in der Zeit von 1944 bis 1947 aufgehalten haben: Eidinghausen, Bad Oeynhausen, Minden, Höchenschwand im Schwarzwald, Wernigerode, Kohren-Sahlis, Deutzen, Borna, Regis-Breitingen, Neukieritzsch (Zuständigkeit in diesen beiden Fällen durch Gemeindezusammenlegungen). An vielen dieser Orte habe ich auch selbst nach Informationen gesucht. Ich habe mich an den Suchdienst des Deutschen Roten Kreuzes (DRK) in München gewandt und den in Hamburg (an letzteren als Nachlassverwalter des Kindersuchdienstes der sowjetischen Besatzungszone und der DDR), auch an zahlreiche möglicherweise mit der Entnazifizierung befasste Stellen oder Archive. Persönlich habe ich recherchiert im Bundesarchiv Berlin-Lichterfelde und in den Arolsen Archives (früher ITS, International Tracing Service, Internationaler Suchdienst).

Überall war das Ergebnis das gleiche: Es sind keine archivalischen Spuren des Kindes Hans-Jürgen Bartels und seiner Mutter Helene Bartels aufzufinden. Fakten sind nicht dokumentiert worden, Unterlagen sind nie vorhanden gewesen oder kriegsbedingt verloren gegangen, absichtlich versteckt worden oder von der SS bei Kriegsende verbrannt, wegen Ablauf der Aufbewahrungsfrist oder aus Ignoranz vernichtet, vereinigungsbedingt verloren gegangen, Verwaltungsreformen zum Opfer gefallen oder durch Zeitablauf einfach verschwunden.

Zumindest Meldedaten müsste es gegeben haben. Ohne solche konnte man zum Beispiel keine Lebensmittelkarten oder Bezugsscheine für Kleider bekommen. Vormundschaftsakten für Hans-Jürgen als uneheliches Kind und später als Pflegekind hätte es ebenfalls geben müssen. Nach dem Verbot der SS-Organisationen durch die Besatzungsmächte lag die Vormundschaft für die Lebensbornkinder zunächst bei der Gemeinde oder beim Kreis, in Hans-Jürgens Fall also Deutzen oder Borna. Dort hätten auch die Pflegeeltern verzeichnet sein müssen. Nichts von alledem ist noch aufzufinden.

Glücklicherweise konnte ich mich bei meinen Recherchen auf einige Zeitzeugenberichte stützen. Heute lebt fast niemand mehr, der noch irgendetwas Neues zum persönlichen Schicksal von Helene und Hans-Jürgen beitragen könnte. In den 1980er Jahren war das noch anders. Ich konnte mit wichtigen Personen sprechen und glücklicherweise hatte ich seinerzeit darüber Gedächtnisprotokolle angefertigt und aufbewahrt. Es handelt sich um Herrn Wilhelm Horstmann, den Mann, der Hans-Jürgen im August 1947 aus Deutzen abgeholt und zu seinem Großvater gebracht hat, um Hans-Jürgens Tanten in Eidinghausen und Crailsheim, um die Lebenspartnerin von Hans-Jürgens Vater und deren jüngste Tochter. Zudem existiert von Jürgens Pflegemutter noch ein Brief an ihn aus dem Jahr 1968.

Auch Friedrich Christ habe ich noch kennen gelernt. Allerdings wollte er sich zur Vergangenheit grundsätzlich nicht äußern. Heute denke ich, dass er zu Lenchen Bartels und zur Kindheit von Hans-Jürgen etwas gesagt hätte, wenn er gezielt hierzu und *nur* hierzu gefragt worden wäre. Diese Gelegenheit haben wir, mein Mann und ich, damals leider versäumt, aus Scheu und in der Befürchtung, den Vater durch zu viele Fragen zu verärgern. Wertvolle Hinweise zum Hintergrund der Familie Bartels habe ich von Hans-Jürgens jüngerem Cousin, der naturgemäß die Dinge lediglich aus der Perspektive eines Kindes erinnert, wenn überhaupt. Auch einen Schulkameraden von Hans-Jürgen aus der Internatszeit konnte ich 2020 noch befragen.

Wie ich bei meinen Recherchen schon an den nackten Fakten gescheitert bin, so bleiben die Fragen nach Ursachen der Geschehnisse und Motiven der Handelnden erst recht unbeantwortet. Wie stand die Familie Bartels zum Nationalsozialismus? Immerhin gibt es Fotos, die zu Friedenszeiten Hermann Bartels Senior und einen Sohn in Uniform nicht genau identifizierbarer Zugehörigkeit zeigen, den anderen in Wehrmachtsuniform. Über den älteren Sohn ist bekannt, dass er für kurze Zeit durch die sogenannte Gleichschaltung Mitglied des NS-Kraftfahrerkorps war, jedoch unter Protest austrat. Welcher Formation Hermann Bartels Senior angehörte und wie lange, konnte ich nicht in Erfahrung bringen.

War Hans-Jürgens Existenz wirklich, wie sein Vater sagte, das Ergebnis einer kurzen Urlaubsliebe oder hatte seine Zeugung vielleicht doch etwas mit der NS-Ideologie zu tun? Warum nahm Helene ihr Kind nach der Entbindung nicht mit nach Hause, in einer Zeit, als es kriegsbedingt viele unverheiratete Mütter gab und viele Väter an der Front waren? Warum durfte sie nach dem Willen ihres Vaters kein uneheliches Kind haben? Warum sollte sie und nicht einer der Brüder den väterlichen Betrieb übernehmen? War das überhaupt so? Wollten die Brüder den Betrieb nicht haben und warum nicht? Warum hat Lenchen keinen Beruf erlernt, warum war sie nicht renten- und krankenversicherungspflichtig beschäftigt, bei ihrem Vater oder anderswo?

Wurde sie, wie in solchen Fällen üblich, von der Zentrale des Lebensborn e.V. in München wegen der Verlegung ihres Kindes nach Kohren-Sahlis gefragt oder zumindest darüber informiert? Wurde sie wie nachweislich viele andere Mütter in vergleichbarer Lage gefragt, ob sie das Kind zur Adoption freigeben wolle? Wurde sie wie andere Mütter gegen Kriegsende wegen der drohenden Schließung der Heime aufgefordert, ihr Kind abzuholen? Warum tat sie das nicht, mit oder ohne ausdrückliche Aufforderung?

Wieso änderte Großvater Bartels seine Haltung und ließ das Kind 1947 durch ein Detektivbüro suchen? Wieso war es überhaupt erforderlich, ein solches Büro einzuschalten? Wann verloren seine Angehörigen Hans-Jürgens Spur, oder verwischten sie diese absichtlich?

Mit dem Verein Lebensborn e.V. habe ich mich intensiv beschäftigt. Hierbei handelt es sich um diejenige SS-Institution, bei der Helene Bartels unter speziellen Umständen, dazu gehörte absolute Geheimhaltung nach außen, entbunden hat und die Hans-Jürgen in ihrer Obhut hatte bis zu ihrem Untergang Anfang Mai 1945.

Formal handelt es sich um einen eingetragenen Verein, de facto um eine Unterorganisation der Schutzstaffel SS, also der Nazi-Partei Nationalsozialistische Deutsche Arbeiterpartei (NSDAP). Er stand ganz im Zeichen der nationalsozialistischen Rassenpolitik. Ziel war es, die „germanische Rasse" zu stärken und zu vermehren, unter anderem durch Förderung „arischer" Geburten.

Praktisch funktionierten die Lebensborn-Heime als Entbindungsstationen für verheiratete und insbesondere ledige Mütter, sofern sie den Rassekriterien der NS-Ideologie entsprachen. Bei unehelichen Kindern war die Übernahme der Vormundschaft durch den Verein obligat, eine entsprechende Verpflichtung musste bereits bei der Heimaufnahme von der Schwangeren unterschrieben werden. Auf Wunsch der Mutter oder der Eltern konnten die Neugeborenen zunächst im Entbindungsheim und später in einem

Lebensbornkinderheim bleiben. Der Verein wollte sie zu einer „germanischen Elite" des zukünftigen „Tausendjährigen Reichs" heranziehen.

Ein weiteres Tätigkeitsfeld des Vereins bestand im Raub „arisch" anmutender Kinder in einigen von NS-Deutschland besetzten Gebieten, vor allem Polen. Diese Kinder sollten „eingedeutscht" werden. Auch uneheliche Kinder deutscher Besatzungssoldaten, vor allem aus Norwegen, wurden, oft ohne Wissen und gegen den Willen ihrer Mütter, vom Lebensborn e.V. nach Deutschland gebracht.

Trotz eklatanter Verstöße gegen Gesetz, Recht und Moral stufte der Internationale Gerichtshof in Nürnberg in einem Urteil von 1948 den Lebensborn e.V. als „wohltätige Organisation" (Charity) ein, nachdem es den angeklagten Hauptfunktionären gelungen war, ihre Tätigkeit als Fürsorge für deutsche und ausländische Waisenkinder zu beschreiben.

Inzwischen, anders als noch vor zwanzig und dreißig Jahren, gibt es eine zahlreiche und breit gefächerte Literatur zum Lebensborn. Sie umfasst historische Studien, journalistische Recherchen, Erfahrungsberichte von Betroffenen, romanhafte Verarbeitungen der Thematik, Reportagen und Filme. Fast alles, was zugänglich ist, wurde von mir gelesen und ausgewertet.

Aus diesem gesamten Material habe ich versucht, die Kindheitsgeschichte meines Mannes zu rekonstruieren. Hierin eingeflossen sind also die kumulierten Ergebnisse, Kenntnisse, Erfahrungen und Deutungen anderer, die Ergebnisse meiner eigenen Recherchen, die Auswertung von persönlichen Dokumenten und Fotografien und vor allem die mir bekannten Narrative der Familien Bartels und Christ. Ich wollte seine Biografie darstellen, so wie sie war, als Chronik, und da dies nicht möglich war, wenigstens so, wie sie hätte gewesen sein können.

Bei der Arbeit an diesem Material wurde mir zunehmend klarer: Es gibt nicht nur die *eine* Geschichte darüber, „wie es damals wirklich war". Jede der drei Hauptpersonen hat ihre eigene Erzählung. Um diesem Umstand gerecht zu werden, habe ich die drei unterschiedlichen Ansichten jeweils als eine eigene Geschichte dargestellt.

Ich möchte der Familie und den Freunden meines Mannes, vor allem seiner Tochter und den beiden Enkeltöchtern, seine persönliche und seine Familiengeschichte nahebringen. Er selbst ist nicht mehr dazu gekommen.

Vordergründig schreibe ich, um zu informieren und um mögliche Interpretationen zu versuchen und anzubieten. Darunter liegt eine zweite Motivationsschicht: Ich schreibe aus Ungenügen an der Realität. Ich setze mich schreibend mit der Vergangenheit auseinander und lade die

Leserinnen und Leser ein, dies ebenfalls zu tun, jeder auf seine Weise.

Natürlich sind die drei hier vorgelegten Erzählungen auch insoweit Fiktion als alle drei Personen ihre Geschichten eben *nicht* erzählt haben. Sie haben geschwiegen. Die heilende Kraft des Erzählens – sozialpsychologisch ausgedrückt: die Umstrukturierung der Erinnerung im Erzählprozess – hat keine von ihnen erfahren.

Die Vergangenheit ist nicht ganz tot, sie ist noch nicht einmal völlig vergangen. Die untote Vergangenheit lässt sich nicht einfach totschweigen oder vergraben. Seelische Verletzungen leben in gewandelter Gestalt weiter in den Nachfolgenden. Darüber, was Kriegstraumen und andere Wunden wie Heimerziehung mit Empathieverweigerung als Prinzip für die nachkommende Generation bedeuten können, gibt es inzwischen eine umfangreiche Literatur, auch über die möglichen Folgen für die Enkelgeneration.

Drei Personen, die keine Familie waren, erzählen ihre Geschichten. Die Geschichten sind Vergangenheit. Die Vergangenheit ist nicht tot, aber sie wird Geschichte.

Eingangsmotto

„Die Vergangenheit ist nicht tot, sie ist noch nicht einmal vergangen."

Zitat aus William Faulkner (1897–1962),
Requiem für eine Nonne, 1951

Anmerkungen zu den Fotografien

Nach Fotos habe ich in verschiedenen Hinterlassenschaften gesucht, und je nach Fortschritt der Buch- und Textideen auch zweimal und dreimal.

Bezeichnend ist, was ich *nicht* gefunden habe: Von Hans-Jürgen gibt es nichts aus seiner Säuglings- und Klein-kindzeit, also kein Bild des Neugeborenen im Bettchen oder im Arm der Mutter, nichts aus den Heimen oder bei den Pflegeeltern. Ich vermute, dass derartige Fotos nicht nur nicht erhalten sind, sondern nie existiert haben. Die wahr-scheinlich frühesten Aufnahmen von ihm datieren vom Sommer 1948 und tragen auf der Rückseite einen Zensur-vermerk des Militärgefängnisses Landsberg, wo Friedrich

Christ seine Strafe verbüßte. Sie wurden im Freising im Garten von Großmutter Theresia Christ aufgenommen.

Von Großvater Hermann Bartels gibt es generell nur sehr wenige Fotos und leider fand ich keines aus der Zeit zwischen ca. 1940 bis 1948, also aus der Zeit um Jürgens Geburt und seiner Übersiedlung nach Eidinghausen. Spätere Aufnahmen sind unscharf und zeigen einen verhärmt oder verbittert aussehenden Mann, den ich so nicht wiedererkenne. Nur ein einziges Bild von 1938 vom Schützenfest in Eidinghausen zeigt mir den zufriedenen und lustigen Großvater, so wie Jürgen ihn beschrieben und geliebt hat. Von Großmutter Minna Bartels habe ich überhaupt kein brauchbares Bild gefunden.

Von Lenchen Bartels gibt es viele Bilder aus ihrer Jugend, aus späterer Zeit leider nur wenige. Zusammen mit ihrem Sohn ist sie nur selten zu sehen. Das Bild im Krankenhaus ist wenige Monate vor ihrem Tod 1955 aufgenommen.

Die privaten Bilder von Friedrich Christ wurden in seiner Familie aufbewahrt und mir freundlicherweise von seiner Nichte zur Verfügung gestellt.

Ein gemeinsames Bild von den drei Hauptpersonen dieses Buches gibt es nicht. Ein solches kann es gar nicht geben. Nie waren sie zu dritt beieinander.

Liste der Fotografien

Abb. 11   Hermann Bartels beim Schützenfest in Eiding-
           hausen, 1933

Abb. 12   Lenchen Bartels als etwa 16Jährige, ca. 1933

Abb. 13   Hermann und Minna Bartels mit ihren drei Kin-
           dern, 1933

Abb. 14   Lenchen Bartels, undatiert, ca. 1947

Abb. 15   Spaziergang in Freising, ca. 1948, Hans-Jürgen
           an der Hand seiner Mutter, daneben die
           Schwester seines Vaters

Abb. 16   Familie Bartels im Krankenhaus Bad Oeynhau-
           sen, Frühjahr 1955, von links nach rechts: Len-
           chen, Hans-Jürgen, Hermann, Minna, Fritz

Abb. 17   Hans-Jürgen als 11Jähriger mit Großmutter
           Minna Bartels am Grab seiner Mutter auf dem
           Friedhof in Eidinghausen, April 1955

Abb. 18   Friedrich Christ, undatiert, ca. 1995

Abb. 19   Friedrich Christ, im Garten des elterlichen Hau-
           ses in Freising, auf Heimaturlaub, 1943, ungefähr
           zu der Zeit, als sich Lenchen und er begegneten

Sämtliche Fotos aus Privatbesitz der Autorin mit Ausnahme von Abb. 21. Dieses stammt aus den National Archives in Washington/DC und ist im Internet frei zugänglich

Umschlagbild

Martin Frigg (1943–2010): „Tannenbaum noch jung und einseitig", Mischtechnik, 1979, mit freundlicher Erlaubnis der Familie des Künstlers

Anregungen zum Weiterlesen

Von der gleichen Autorin zum gleichen Thema

Bartels, G., Krieg und Nachkrieg. Biographische Skizze eines SS-Offiziers 1937-1957, Hohenwarsleben 2019

Historische Forschungen und journalistische Recherchen zum Lebensborn

Baumann, A. u. Heusler, A. (Hg.), Kinder für den „Führer". Der Lebensborn in München. München 2013

Bryant, Th., Himmlers Kinder. Zur Geschichte der SS-Organisation „Lebensborn e.V." 1935-1945, Wiesbaden 2011

Heidenreich, G. (Hg.), Born of War. Von Krieg geboren. Europas verleugnete Kinder, Berlin 2017

Hopfer, Ines: Geraubte Identität. Die gewaltsame „Eindeutschung" von polnischen Kindern in der NS-Zeit. Böhlau, 2010.

Koop, V., „Dem Führer ein Kind schenken" Die SS-Organisation Lebensborn e.V., Köln 2007

Lilienthal, G., „Der Lebensborn e.v" Ein Instrument natio-
nalsozialistischer Rassenpolitik, Frankfurt am Main, erweiterte Neuausgabe 2008

Neumaier, D., Das Lebensbornheim „Schwarzwald" in Nor-
drach, Baden-Baden 2017

Schmitz-Köster, D. und Vankann, T., Lebenslang Lebensborn, Die Wunschkinder der SS und was aus ihnen wurde,
München, 2012

Schmitz-Köster, D., „Deutsche Mutter, bist Du bereit..." Der
Lebensborn und seine Kinder, Berlin, 2003

Schmitz-Köster, D., Kind L-364, Eine Lebensborn-Familien-
geschichte, Berlin 2007

Schmitz-Köster, D., Raubkind: Von der SS nach Deutschland verschleppt, Freiburg im Breisgau 2018

Berichte von Betroffenen

Borchert, K, Kasperek, W., Meißner, M., Geboren im Lebensbornheim "Harz" Wernigerode, Wernigerode 2003, Begleit-
buch zu einer Ausstellung

Eggers, A. u. Sauer, E. (Hg.), Verschwiegene Opfer der SS, Lebensborn-Kinder erzählen ihr Leben, Leipzig 2015

Heidenreich, G., Das endlose Jahr. Die langsame Entdeckung der eigenen Biographie – ein Lebensborn-Schicksal, Frankfurt am Main, 2004

Remmers, W., Norz, L., Né maudit – Verwünscht geboren – Kriegskinder, Experienzawast, Band 2, Berlin 2008

von Oelhafen, I. u. Tate. T., Hitler`s forgotten Children. My life inside the Lebensborn, London 2015

Sozialpädagogische, soziologische, sozialpsychologische und psychoanalytische Schriften zum Thema Schuld, Erinnern, Trauma und Weitergabe an nachfolgende Generationen

Althaus, U., Lügen, Wünsche, Wirklichkeiten. Über die Folgen der Verleugnung der NS-Geschichte der Eltern und Großeltern für die Nachkommen und die Notwendigkeit, diese Geschichten aufzuarbeiten, in: Lohl, J., Moré, A. (Hg.): Unbewusste Erbschaften des Nationalsozialismus, Gießen 2014

Bar-On, D., Die Last des Schweigens, Gespräche mit Kindern von SS-Tätern, Hamburg, 2004

Bode, S., Kriegsenkel. Die Erben der vergessenen Generation, Stuttgart 2013, 10. Auflage

Bode, S., Die vergessene Generation. Die Kriegskinder brechen ihr Schweigen, Stuttgart 2004

Chamberlain, S., Adolf Hitler, die deutsche Mutter und ihr erstes Kind, Über zwei NS-Erziehungsbücher, Gießen, 1997

Moré, A., Die psychologische Bedeutung der Schuldabwehr von NS-Tätern und ihre implizite Botschaft an die nachfolgende Generation, Gruppenanalyse 21(2), 2011, S.139-156

Moré, A., Die unbewusste Weitergabe von Traumata und Schuldverstrickung an die nachfolgende Generation, Journal für Psychologie, Jg. 21 (2013), Ausgabe 2

Rosenthal, G., Erlebte und erzählte Lebensgeschichte, Gestalt und Struktur biografischer Selbstbeschreibungen, Frankfurt 1995

NS-Staat, SS-Organisation, Umgang mit der NS-Vergangenheit

Assmann, A., Der lange Schatten der Vergangenheit. Erinnerungskultur und Geschichtspolitik, München 2006

Buchheim, H., Anatomie des SS-Staates, Band 1 und 2, dtv Dokumente, München 1967

Hein, B., Die SS, Geschichte und Verbrechen, München 2015

Kammer, H. u. Bartsch, E., Lexikon der Nationalsozialismus, rororo Sachbuch, Reinbeck bei Hamburg, 6. Aufl. 2002

Kogon, E., Der SS-Staat. Das System der deutschen Konzentrationslager,München, 31. Aufl. 1974

Rosenthal, G., Erlebte und erzählte Lebensgeschichte. Gestalt und Struktur biographischer Selbstbeschreibungen, Frankfurt 1995

Schneider, W., Die Waffen-SS, Augsburg 2008

Senfft, A., Der lange Schatten der Täter, Nachkommen stellen sich ihrer NS-Familiengeschichte, München 2016 von Wrochem. O. (Hg.), Nationalsozialistische Täterschaften, Nachwirkungen in Gesellschaft und Familie, Reihe Neuengammer Kolloquien, Berlin 2016

Wegener, B., Hitlers Politische Soldaten. Die Waffen-SS 1933-1945, Paderborn, 6. Aufl. 1999

Westemeier, J., Himmlers Krieger, Joachim Peiper und die Waffen-SS, Krieg in der Geschichte Band 71, Paderborn 2014

MIX

Papier | Fördert
gute Waldnutzung

FSC® C083411

Zeitfracht Medien GmbH
Ferdinand-Jühlke-Straße 7
99095 Erfurt, Deutschland
produktsicherheit@kolibri360.de